उलझन

वाणी प्रकाशन
21-ए, दरियागंज, नई दिल्ली-110002
फोन : 011-23273167, 23275710, 41562622
फैक्स : 011-23275710
e-mail : vani_prakashan@yahoo.com

उलझन

शकुन्तला ब्रजमोहन

वाणी प्रकाशन का लोगो
विख्यात चित्रकार मकबूल फिदा हुसेन
की कूची से

ISBN : 978-81-8143-486-9

वाणी प्रकाशन
21-ए, दरियागंज, नयी दिल्ली-110002
द्वारा प्रकाशित

प्रथम संस्करण : 2006

आवरण : वाणी चित्रांकन
एस.एन. प्रिंटर्स, दिल्ली-110032
द्वारा मुद्रित

मूल्य : 125.00

ULJHAN (Hindi Stories)
by Shakuntla Brajmohan

मेरी कहानियों में मूल संवेदना नारी उत्पीड़न, नारी असुरक्षा, यौन शोषण, अनमेल विवाह, पति-पत्नी में अहम् की समस्याओं तथा कामकाजी महिलाओं की समस्याओं का चित्रण किया गया है।

समाज में जितनी भी समस्याएँ हैं, उनमें सबसे ज्यादा नारी से सम्बन्धित हैं। उन पर अत्याचार ढाए जा रहे हैं, बलात्कार हो रहे हैं। पुरुष समाज मूक बैठा है क्योंकि यह समाज पुरुषों द्वारा ही बनाया गया है। उन्होंने अपनी ही सुविधाओं को ध्यान में रखा है। नारी पर शारीरिक, मानसिक दोनों प्रकार के अत्याचार होते हैं और इन सबका मुख्य कारण है, उसका अशिक्षित होना।

अपने भरसक मैंने उनकी समस्याओं का समाधान करने का प्रयत्न किया है। जिस दिन नारी अपने पैरों पर खड़ी हो जाएगी, उस दिन शायद उनकी समस्याओं का भी समाधान हो जाएगा। नारियों को शारीरिक तथा मानसिक रूप से अपने को मजबूत करना होगा। जूडो, कराटे सीखकर वे थोड़ा-बहुत अपना बचाव कर सकती हैं।

अब तक जितनी समस्याएँ थीं वो तो हैं ही, अब एक नई समस्या खड़ी हो गई हैं। स्वार्थी पुरुष हमेशा चाहता है कि पत्नी केवल लड़के जन्म दे। जैसे ही उसको पता चलता है कि पत्नी को लड़की होने वाली है, वह उसको आँखें खोलने से पहले ही खत्म करा देता है।

अगर यही होता रहा तो वह दिन दूर नहीं है जब स्त्रियों की संख्या इतनी कम हो जाएगी कि मानव फिर से आदिम युग में पहुँच जाएगा और जिस स्त्री को चाहेगा, उठा ले जाएगा।

सरकार को इस तरफ कड़ा कदम उठाना चाहिए। मेरा यह छोटा सा संदेश पीड़ित नारियों के लिए है। नारियों को भी इस दिशा में आवाज उठानी चाहिए।

–शकुन्तला ब्रजमोहन

अनुक्रम

जैसी करनी वैसी भरनी

आज हम आपको अपनी दुःखभरी कथा सुनाकर कुछ हल्का महसूस करेंगे। माँ की कोख में हम अपने को सुरक्षित समझते थे पर हमारी यह धारणा गलत साबित हो गई थी। कैसी-कैसी सुंदर कल्पनाएँ हमने की थीं कि बाहर निकलकर भगवान की सुंदर कृतियों को देखेंगे। अभी तक तो हम अँधेरे में थीं पर अब हम सूरज की रोशनी तथा चाँद की शीतलता महसूस करेंगे।

एक दिन हमने देखा कि कोई तेज दवाई हमारी माँ को पिलाई जा रही है। उस दवाई के सेवन करते ही हम अधमरी-सी हो गईं पर हम मरी नहीं। हम खुश थीं कि हम बाहर निकल सकती हैं पर हम अभी बाहर निकल ही पाई थीं कि किसी ने हमारा गला दबा दिया। इससे भी उन्हें चैन नहीं मिला तो हमें नमक चटा दिया ताकि हमारी रही सही जान भी निकल जाए। हमें आश्चर्य हुआ कि हमने तो किसी का कुछ बिगाड़ा नहीं है फिर हमें यह सजा क्यों?

ज्यों-ज्यों साइंस ने तरक्की की उसका नतीजा हमें भोगना पड़ा। वैज्ञानिकों ने ऐसी मशीन ईजाद की जिसके द्वारा पता चल जाता था कि हम स्त्री हैं या पुरुष। लिंग का जैसे ही पता चलता कि हम स्त्री हैं बस जल्द से जल्द हमें ऑपरेशन करके मार दिया जाता। इस मशीन से हम बहुत डरने लगे। हमें लगा कि इस प्रकार तो हमारी कौम खत्म होती जाएगी पर पुरुष द्वारा बनाए इस समाज ने जैसे हमें जड़ से उखाड़ने की कसम खा ली थी। धीरे-धीरे हमारी संख्या कम होती गई। हर पुरुष यही चाहता कि उसे बेटा हो ताकि उनकी संख्या बढ़े। मरने के पश्चात् बेटा उनकी क्रिया कर्म करके उन्हें स्वर्ग की सीढ़ी चढ़ाए तथा वृद्धावस्था में उनकी सेवा करे पर क्या यह सच हो पाया? अगर ऐसा होता तो हमें कुछ संतोष होता पर यहाँ तो उल्टी गंगा बह रही थी। हमारी संख्या में कमी होने के कारण आए दिन पुरुष जबरदस्ती हमें उठाकर ले जाते फिर बलात्कार करके हमें किसी गटर में फेंक देते। अब शायद भगवान को हम पर तरस आ गया था और इन मशीनों

के जरिए हमारी हत्याओं में कमी आ गई। हमारी घटती संख्या देख तथा अपनी माँ-बहनों पर यह खतरा देख कि वे भी सुरिक्षत नहीं हैं उन्होंने इन मशीनों पर रोक लगा दी कि इन मशीनों द्वारा भ्रूण यानी बच्चे की पहचान नहीं की जाएगी। न पहचान होगी न हम मारे जाएँगे। इस नियम के लगते ही हमारी मृत्यु संख्या में कमी आने लगी। पर जैसे ही हमारा जन्म होता तो जैसे घर में मातम छा जाता। बेटे के जन्म पर बाजे बजते मिठाइयाँ बाँटी जातीं।

बचपन में हमें बड़े अनुशासन में रखा जाता था। हम पर एक पैसा भी खर्चना माता-पिता को अखर जाता था पर बेटे पर वे जिस प्रकार पैसे लुटाते उससे प्रतीत होता वह उन्हें स्वर्ग की सीढ़ी पर चढ़ाने वाला हो। हमने अपनी नियति पढ़ ली थी पर हम कर भी क्या सकते थे। बचपन हमारा गालियाँ खाते बीतता। भाई की थाली में तरह-तरह के व्यंजन परोसे जाते पर हमें एक सब्जी तथा सूखी रोटी दी जाती। भाइयों से कम हममें प्रतिभा नहीं होती थी पर प्रतिभा को विकसित करने का हमें मौका कब दिया जाता था। अपनी दुर्दशा देख हममें चेतना का संचार हुआ और मार तथा गालियाँ खाकर भी हम अपनी पढ़ाई में जुट गए। यह हम तीन बहनों की कहानी नहीं है बल्कि समस्त स्त्री जाति की कहानी है।

मेरा जन्म होने से पहले पिताजी ने काफी अनुष्ठान कराए ताकि बेटा पैदा हो पर मेरे पैदा होते ही सबको साँप सूँघ गया। पिताजी माँ पर बरसे कि तुमने ठीक से पूजा-पाठ नहीं किया होगा। खैर रो-धोकर माँ ने संतोष कर लिया। दो साल बाद माँ फिर से गर्भवती हुई। अबकी बार पिताजी को पूर्ण विश्वास था कि बेटा होगा क्योंकि पूजा-पाठ तथा ब्राह्मणों को काफी दान-दक्षिणा दी गई थी पर मेरी दूसरी बहन का जन्म हो गया। पिताजी ने माँ पर गालियों की बौछार कर दी जैसे इसमें माँ का दोष हो। इस बार मेरी माँ ने मेरी दूसरी बहन पर गुस्सा उतारा। भाग्य की विडंबना देखिए तीसरी बार भी मेरी माँ ने बेटी को जन्म दिया।

सुबह-सुबह लोग भगवान का नाम लेते हैं हमारे पिता रामप्रसाद हम तीनों बहनों पर गालियों की बौछार करते। हमारा नाम न लेकर अभागिनों, कलमुही जैसे नामों से पुकारा जाता था। हम तीनों बहनें सिर झुकाए इन तीर जैसे शब्दों को सुन कर सहन करती थीं। सुबह से शाम तक हम तीनों से कस कर काम लिया जाता था इतना ही नहीं माँ माथे पर दोहत्थड़ मार कर कहती, अरी! अभागिनो एक भाई तो लेकर आतीं ताकि हमें स्वर्ग तो मिलता। अब तो मरने के बाद कोई हमारा क्रियाकर्म करने वाला नहीं होगा। हमारे खानदान का नाम मिट जाएगा तथा वृद्धावस्था में हमें कोई सहारा देने वाला भी नहीं होगा। हमने कौन-सा पाप किया था जो इन तीन अभागिनों ने इहलोक तथा परलोक दोनों बिगाड़ दिया। पड़ोसी सुनते तो कहते यह इन बच्चियों की सगी माँ है अगर सौतेली होती तो उसका कोसना थोड़ी देर के लिए वाजिब मान भी लेते। ऐसे निर्दयी माँ बाप को बेटियों पर तरस भी

नहीं आता। जरा-जरा-सी बात पर माँ इनको पीट देती है।

भगवान को शायद हम पर दया आ गई और माँ ने पुत्र को जन्म दिया। पिताजी को तो जैसे घर बैठे स्वर्ग मिल गया। पड़ोसियों को मिठाइयाँ बाँटी गईं। ब्राह्मणों को दान दिया गया। पिताजी ने खुले हाथों से खर्च किया।

बेटा होने पर अब हम पर जुल्म कुछ कम हो गए। मैं बड़ी थी मेरा नाम तनुजा तथा मझली का नाम तारा और छोटी का नाम आशा रखा गया था। आशा को भाई लाने के कारण कुछ आराम मिल गया। पड़ोसी भी कहते आशा भाग्यवान है जो अपने पीछे भाई लेकर आई है। अब माँ पूरे दिन बेटे को लिए बैठी रहती। हम तीनों सब काम निपटा कर स्कूल जातीं। पिताजी ने इस कारण भी पढ़ने दिया कि पढ़-लिखकर हम तीनों अपने पैरों पर खड़ी हो जाएँ और वे दहेज देने से बच जाएँ। हम तीनों पढ़ने में बहुत तेज थीं। दिन भर काम करके हम रात देर तक पढ़ती थीं। हम तीनों ही क्लास में अव्वल आती थीं, हम तीनों ने अपनी नियति पढ़ ली थी। हम जानती थीं कि पिताजी अपने पैसों में से एक पैसा भी हम पर खर्च करने वाले नहीं है। जिस तरह से वह पैसा जोड़ रहे थे उससे यही लगता था कि यह सभी पैसा वह बेटे के लिए जमा कर रहे हैं। मैं, तनूजा कॉलेज में पहुँच गई थीं। मैंने अपनी पढ़ाई के लिए एक पैसा भी पिता से नहीं लिया था। मुझे शुरू से ही वजीफा मिल रहा था। तारा पी. एच.डी. कर रही थी। तथा आशा बी.ए. करके प्रशासनिक प्रतियोगिता की तैयारी में जुटी थी। पिताजी ने हमारे विवाह के लिए जरा भी कोशिश नहीं की। वे जानते थे कि विवाह में दहेज देना पड़ेगा। बेटे के लिए रखे धन में से वह एक पैसा भी निकालना नहीं चाहते थे। पड़ोसी कानाफूसी भी करते कि ब्याहने लायक लड़कियाँ हो गईं, रामप्रसाद को चिंता नहीं है। लगता है बेटियाँ कुँवारी रह जाएँगी। पिताजी ने जब देखा कि हम अच्छी जगह पर लग सकते हैं तो वह और भी निश्चत हो गए। हमारे भाई का नाम सूरज रखा गया था ताकि वह सूर्य के समान खानदान का नाम रौशन करे। सूरज को माँ-बाप का इतना प्यार मिला कि उसका पढ़ने में मन नहीं लगता था। वह जितने पैसे माँगता पिताजी खुशी-खुशी देते थे। ज्यों-ज्यों वह बड़ा होता गया उसे ज्यादा रुपयों की जरूरत पड़ने लगी। पिताजी ने कभी नहीं पूछा कि वह इतने रुपए कहाँ खर्च करता है। वह दोस्तों के साथ बड़े-बड़े होटलों में जाता और खुले हाथों पैसा खर्च करता। जब वह अठारह साल का भी नहीं था तभी से सभी प्रकार के दुर्गुण उसमें आ गए थे। पिताजी सूरज के प्यार में आकंठ डूब गए थे। उन्हें सूरज के दुर्गुण दिखाई नहीं देते थे। सूरज जब रात बहुत देर से लौटता तो माँ पिताजी से छुपा कर उसे घर के अंदर बुला लेती।

हम तीनों बहनें नौकरी से लग कर घर से जा चुकी थीं। मैंने डॉक्टरी पास करके एक बड़े अस्पताल में नौकरी कर ली थी। विवाह मैं करना नहीं चाहती थी।

मुझे डर था कि माँ के समान अगर मेरे भी लड़कियाँ हो गईं तो कहीं मेरा पति भी बेटियों से वैसा क्रूर व्यवहार न करे जैसे मेरे पिता माँ से करते थे। हम तीनों बहनों ने विवाह नहीं किया। हम पिताजी को दिखा देना चाहते थे कि हम बेटों से कम योग्यता नहीं रखती हैं। तारा कॉलेज में पढ़ा रही थी। उसने काफी नाम कमा लिया था। उसके रिसर्च पेपरों का अमेरिका तथा लंदन में बहुत मान था। सबसे छोटी बहन एस.डी.एम. थी। वह भी खूब ख्याति पा रही थी। हम तीनों बहनें बड़े सुख से रह रही थीं। हमारे माता-पिता से सम्बन्ध टूट चुके थे। माता-पिता तथा भाई कैसे हैं इसकी हमने भी खोज खबर नहीं ली। अपने ऊपर हुए अत्याचारों को हम भूली नहीं थीं। हम इतना तो समझ गए थे कि पिताजी के पास काफी पैसा है। इसके अलावा हमारे भाई सूरज के संग वे काफी खुश होंगे। हमारी तो उन्हें कभी याद भी नहीं आती होगी।

पिताजी ने कभी सूरज से यह नहीं पूछा कि वह इतने पैसे कहाँ खर्च करता है। सूरज भी लापरवाही से अंधाधुंध पैसे खर्च करता रहा। इधर पिताजी सूरज के विवाह के लिए मालदार असामी खोजने लगे। भाग्य से एक बहुत रईस आदमी सूरज से अपनी बेटी का रिश्ता जोड़ने को तैयार हो गया। उन्होंने सूरज से पूछा तो उसने साफ इनकार कर दिया। वह बोला मैं अपनी पसंद की लड़की से विवाह करूँगा। उसके तेवर देख पिताजी को बड़ी ठेस पहुँची। वह चुप होकर बैठ गए। इधर सूरज कोठों पर जाने लगा। वहाँ उसे एक वेश्या पसंद आई। एक दिन अदालत में जाकर उस वेश्या से विवाह करके उसे घर ले आया। वेश्या का नाम चाँदनी था। चाँदनी वास्तव में बहुत सुंदर थी। वह घर आकर माँ से बोला, ''माँ! आपने बहू की रट लगा रखी थी लो तुम्हारी बहू ले आया हूँ।'' जब चाँदनी ने उनके पैर छूए तो वे गद्गद हो गई। दो-तीन दिनों तक चाँदनी की मुँह दिखाई होती रही। एक दिन एक रईस ने जब चाँदनी को देखा तो वह पिताजी से बोला, ''यह वेश्या तुम्हारी बहू कैसे बन गई। यह तो मशहूर वेश्या चाँदनी बाई है।'' अपनी पोल खुलती देख चाँदनी चीखी—''मैं सूरज की ब्याहता हूँ अगर किसी ने मेरी ओर उँगली उठाई तो उसकी खैर नही है।'' पिताजी भौचक्के रह गए। बेटे के कारण उनके नाम पर जो बट्टा लगा था उसे वह सहन नहीं कर पा रहे थे। वह बीमार पड़ गए। बेटे से कुछ कहना बेकार था। माँ तथा पिताजी को अब हमारी याद आई। पिताजी माँ से बोले, ''काश! आज हमारी बेटियाँ होतीं तो उनसे अपना दुःख सुना कर कुछ तो मन हल्का होता पर हमें तो पता नहीं वे तीनों इस समय कहाँ हैं।''

दिनोंदिन चाँदनी का व्यवहार माँ तथा पिताजी के संग कठोर होता गया। अब नौकरों के रहते हुए भी सभी काम माँ तथा पिताजी को करना पड़ता।

सूरज चाँदनी को घर लाकर अब दूसरी नई वेश्याओं के संग रातें रंगीन करता।

चाँदनी को कुछ परवाह नहीं थी उसने शराब पिला-पिला कर सभी जमीन जायदाद अपने नाम करा ली थी। मकान तक अपने नाम करा लिया था। सूरज इन बातों से बेखबर था, उसे तो जब पैसों की जरूरत होती वह चाँदनी से ले लेता था। चाँदनी सोचती थोड़े दिनों की बात है फिर तो वह सभी पैसा लेकर चंपत होने वाली है।

सूरज की ऐयाशियाँ बढ़ती गईं और एक दिन जब वह रात को नहीं लौटा तो पिताजी ने चाँदनी से पूछा, ''सूरज कहाँ गया है? अभी तक नहीं आया है मुझे चिंता हो रही है।'' चाँदनी तमक कर बोली, ''कहीं किसी कोठे पर मुँह मार रहा होगा।'' इतने में पुलिस को आया देख पिताजी का माथा ठनका। इंस्पेक्टर बोला, ''क्या सूरज यहीं रहता है।'' पिताजी ने धड़कते हृदय से पूछा, ''इंस्पेक्टर साहब क्या बात है।''

इंस्पेक्टर बोला, ''चम्पाबाई के कोठे पर किसी ने उसका खून कर दिया है।'' यह सुनते ही पिताजी गिरते-गिरते बचे फिर वह रोते हुए बोले, ''हाँ! इंस्पेक्टर वह मेरा बेटा था।'' इंस्पेक्टर बोला, ''कोठे पर किसी से लड़ बैठा, वह छुरा मार कर फरार हो गया। आप लाश को ले आइए। हम अपराधी की छान-बीन कर रहे है।''

जिस बेटे के कंधों पर पिताजी स्वर्ग जाने की कल्पना कर रहे थे उसी बेटे को उन्हें कंधा देना पड़ेगा यह उन्होंने कभी सोचा भी नहीं था। आज पिताजी को सांत्वना देने वाला कोई नहीं था। हम होतीं तो ऐसे समय में उन्हें ढाढस तो बँधातीं। हमारे संग किए बर्ताव को याद करके पिताजी तथा माँ अपने किए पर आठ-आठ आँसू बहाने लगे।

चाँदनी आकर सांत्वना देना तो दूर रहा ऊपर से जले पर नमक छिड़कती हुई बोली, ''अब अपने यह मगरमच्छी आँसू बन्द करके बेटे की लाश ले आओ। ऐसे नालायक बेटे पर आँसू बहाना बंद करो जो हर कोठे पर मुँह मारता फिरता था। यह तो एक दिन होना ही था।''

दो-चार पड़ोसियों की सहायता से बेटे की चिता को आग दे वे वहीं बैठकर सिसक-सिसककर रोने लगे। सूरज के ऐयाशी स्वभाव के कारण पड़ोसी उसके घर आने से कतराते थे। इस कारण बहुत ही कम पड़ोसी आए। एक पड़ोसी को दया आई वह उन्हें लेकर घर आया। इतने बड़े दुःख को माँ झेल नहीं सकी वह पागल होकर एक दिन घर से निकल गई। तीन दिन बाद ही उनकी लाश मिली। माँ के मरते ही चाँदनी ने अपना असली रूप दिखाया। वह पिताजी से बोली, ''आप घर खाली कीजिए। यह घर मैंने बेच दिया है अगर आप नहीं निकलेंगे तो जिसने यह मकान खरीदा है वह आपको धक्के मारकर निकाल देगा। आप दो-चार कपड़े लेकर निकल जाइए।''

पिताजी ने रोते-रोते कपड़े लिए और घर से बाहर आ गए। उन्होंने बड़ी हसरत से अपने मकान को देखा जिसे उन्होंने बड़े चाव से बनवाया था फिर वह निकल पड़े ऐसी डगर पर जिसका उनको स्वयं ही पता नहीं था। रात उन्होंने एक दुकान के नीचे लेट कर बिताई। बीते दिन चलचित्र के समान उनके आगे गुजरने लगे। हमारा पैदा होना। दिन रात हमें कोसना फिर सूरज का पैदा होना। उसके जन्म पर जश्न मनाना। उसे अपने बुढ़ापे की लाठी समझ कर अपना समस्त पैसा तथा स्नेह उस पर उड़ेल देना। ज्यादा प्यार तथा पैसा देना उन्हें कितना भारी पड़ गया था। काश! पिताजी समय रहते चेत गए होते तो उनको यह दिन नहीं देखना पड़ता। प्यार के संग बच्चे को अनुशासन में रखना भी जरूरी होता है। ग़लती उन्हीं की थी। सूरज का क्या दोष। पैसा पाकर तो बूढ़ा आदमी भी सठिया जाता है वह तो जवान था। जवानी के बहाव में बहकर अगर वह बहक गया तो यह उनकी परवरिश का जो उन्होंने की थी, दोष था। कब सवेरा हो गया उनको पता ही नहीं चला। सुबह जब दुकानदार ने धक्का देकर उनसे कहा 'चलो भागो यहाँ से। अपने बाप का घर समझ रख है क्या। न जाने कहाँ से यह भिखमंगे आ जाते हैं।'

ऐसे अपमान सूचक शब्द पिताजी ने कभी नहीं सुने थे। वह सिर झुका कर तेज धूप में निकल पड़े। प्यास के मारे उनका गला सूख रहा था। नल पर गए तो देखा पानी आना बन्द हो गया है। वह एक पेड़ की छाँव में बैठ गए। एक राहगीर से उन्होंने पूछा कहीं पास में कुँआ होगा! राहगीर भला मनुष था। उसने बता दिया कि पास में कुँआ है आप पानी पी सकते हैं। वे काँखते काँखते उठे और कुँए के पानी से प्यास बुझाई तब उनकी जान में जान आई। भाग्य की विडंबना देखो जो रुपए वह लाए थे उसे रात में किसी ने चुरा लिए थे। अब उनके पास एक भी पैसा नहीं था जिससे वह अपनी भूख मिटा सकते। उनकी आँखों से टपाटप आँसू गिरने लगे पर वहाँ उनके आँसू पोंछने वाला कोई नहीं था। जब वह सिर नीचा करके रो रहे थे तब एक राहगीर ने उन्हें भिखमंगा समझ कर कुछ पैसे उनके पास फेंक दिए। उन्हीं पैसों से उन्होंने अपने पेट की आग बुझाई। उन्होंने कई जगह नौकरी करने की सोची पर हर जगह उन्हें दुत्कार मिली। पेट के लिए अब उनको भीख के सहारे दिन काटने पड़े।

एक दिन जब वह सड़क पर मुँह नीचा करके बैठे थे तो एक स्त्री ने उनकी दशा देख कर एक रुपया उनके पास रख कर कहा 'आप भूखे दिखते हैं। इन पैसों से कुछ खरीद कर खा लीजिएगा। आवाज़ जानी पहचानी सुन कर उन्होंने गर्दन उठाई तो मुझे, अपनी बेटी तनूजा को देख शर्म से उनकी गर्दन झुक गई। मैंने जब उन्हें इस हालत में देखा तो मैं चीख उठी 'बाबू जी, आपकी यह हालत किसने की फिर मैंने उनका हाथ पकड़ कर पूछा 'पिताजी! माँ कहाँ है। पिताजी रोते रोते बोले 'वह

यह दुःख झेल नहीं सकी। उसे निमोनिया हो गया था। डॉक्टर जब तक आता वह परलोक सिधार चुकी थी। मैंने प्यार से बाबू जी का हाथ थाम कर गाड़ी में बैठा कर पूछा पर पिताजी यह सब कैसे घटित हुआ और हमारा भाई सूरज कहाँ है। पिताजी ने रोते-रोते कहा 'घर चल, सब हाल सुनाऊँग।'

मैंने पिताजी के आँसू पोंछते हुए कहा 'पिताजी! मैं यहाँ अस्पताल में डॉक्टर हूँ आपका ठीक से इलाज कराऊँगी।

घर पहुँच कर पिताजी भरी आँखों से बोले 'जिस बेटे के लिए मैंने बड़े-बड़े सपने देखे थे वह सपने धराशाई हो गए। इसके लिए भी मैं अपने को दोषी मानता हूँ। बच्चों को पालने में प्यार के अलावा अनुशासन की भी जरूरत होती है। मैंने सूरज को प्यार के अलावा कुछ नहीं दिया। तुम लोगों को प्यार तो दिया नहीं बस अनुशासन करता रहा। आज अपने निष्ठुर व्यवहार को याद करके असीम पीड़ा तथा आत्मग्लानि होती है। तुम लोगों से माफी माँगने का मुँह तो रहा नहीं फिर भी मुझे माफ कर दो।

तनूजा बोली 'पिताजी! आप अनुशासन न करते तो आपकी तीनों बेटियाँ इतनी ऊँची जगहों पर न होतीं। आपका अनुशासन तो हमारे लिए वरदान सिद्ध हुआ है। अब आप आराम कीजिए मैंने तारा तथा आशा को फोन कर दिया है। वह कल पहुँच जाएँगी।

पिताजी उसाँस लेकर बोले, 'कल किसने देखा है।' दूसरे दिन जब तनूजा राम प्रसाद के कमरे पहुँची तो उन्हें मृत पाया। हाथ में एक पत्र था जिसमें लिखा था 'इस घृणित चेहरे को शीशे में देखने से जो ग्लानि होती है उसे तुम बेटियों को रोज दिखाने से अच्छा है मेरा मर जाना! विष तो मैंने बहुत पहले खरीद कर रख लिया था बस एक बार तुम बेटियों को देख तुमसे क्षमा माँग कर मरना चाहता था। बेटी! तुझे मुँह दिखाने में मैं कितनी ग्लानि महसूस कर रहा हूँ तो तारा तथा आशा को कैसे मुँह दिखा सकूँगा। मैंने अपनी आप बीती सब इस पत्र में लिख दी है। यह उन लोगों के लिए नसीहत है जो बेटों पर आशा लगाते हैं तथा बेटियों का अनादर तथा घृणा करते है। मेरी प्यारी बेटियों, मैं तुम तीनों को आशीर्वाद देता हूँ तुम सदा सुखी रहो।

तुम्हारा अभागा पिता
राम प्रसाद

अनाम रिश्ता

मेरा नाम सुनयना है। अब आप पूछेंगे यही नाम क्यों। क्योंकि यह नाम मेरी आँखों को देखकर माँ ने रखा था। मेरी आँखों को जो देखता वही कहता "जैसे झील में दो कमल खिल गए हों।" मेरे जन्म से चार महीने पहले मेरे पिता की मृत्यु हो गई थी। माँ पढ़ी लिखी नहीं थी कि उन्हें कोई नौकरी मिल जाती बस पास पड़ौस के कपड़े सी कर किसी प्रकार अपना गुज़ारा कर रही थी। एक बड़ी सुविधा यह थी कि मकान मेरे पिता ने बनवाया था इसी कारण सिर छिपाने का स्थान मिल गया था। जैसे ही मेरा जन्म हुआ, तो पड़ोसियों की स्त्रियों ने आश्चर्य से माँ की तरफ देखते हुए कहा "सरला! तेरे घर तो किसी अप्सरा ने जनम लिया है। क्या रूप पाया है। लगता नहीं यह तेरी बेटी है। जैसी सुंदरता वैसा स्वास्थ्य। इसकी आँखों का तो मोल नहीं है।"

ज्यों-ज्यों मैं बड़ी होती गई त्यों-त्यों पड़ोसियों की आँखों का तारा बनती गई। ज्यादा समय मेरा पड़ोसियों के घर में कटने लगा। हर बच्चा मेरे संग खेलने को आतुर रहता। जब स्त्रियाँ मुझे प्यार से चूमतीं तो मैं निहाल हो जाती। वृद्धों का तो कहना क्या वे आशीर्वादों की झड़ी लगा देते। ऐसा सुखमय मेरा बचपन था। जरा बड़ी हुई तो माँ ने स्कूल में मेरा नाम लिखवा दिया। मैं बच्चों के संग स्कूल जाती। स्कूल में टीचरों ने कभी मुझे सज़ा नहीं दी। वे प्यार से मेरे संग पेश आती थीं। मैंने भी कभी उनको शिकायत का मौका नहीं दिया। पढ़ने में मैं क्लास में अव्वल थी। मैं नियमित रूप से घर आकर पढ़ती तथा होमवर्क करती थी।

एक दिन जब मैं नौ साल की थी उस दिन केवल एक सहेली मेरे संग थी। हम दोनों बातों में इतना खो गए कि सामने से आती कार को नहीं देख पाए। मेरी सहेली तो बच गई पर कार के धक्के से मैं गिर पड़ी। मेरे सिर में काफी चोट आई। कार वाले सज्जन मुझे अस्पताल में भर्ती करके चले गए। जब मेरी माँ को खबर मिली तो वह भागी-भागी अस्पताल पहुँच गई। शरीर में मेरे ज्यादा चोट नहीं आई थी। डर के मारे मैं बेहोश हो गई थी। माँ की आवाज़ सुन मैंने आँखें खोली

मैंने कहा, ''माँ! अंधेरा क्यों कर रखा है। रोशनी करो न।'' माँ बोलीं 'बेटी रोशनी तो हो रही है।''

मैंने कहा पर मुझे तो अन्धेरा लग रहा है। माँ दौड़ी डॉक्टर के पास गई। डॉक्टर ने मेरी आँखों की जाँच करके कहा ''माता जी! बच्ची की आँखों की रोशनी सिर पर धक्का लगने से चली गई है। आपरेशन करना पड़ेगा। वैसे आपरेशन में चार हज़ार से ज़्यादा ही लग सकता है।'' माँ ने माथा पीट लिया। अब तक तो खाने के लाले थे इन हज़ारों रुपयों का वह कहाँ से इंतज़ाम करती। पड़ोसी भी गरीब थे वह हमारी सहायता क्या करते पर सच्चे दिल से वे सहानुभूति दिखा रहे थे। माँ मुझे लेकर घर आ गई। माँ ने मेरा नमा अंधे बच्चों के स्कूल में लिखवा दिया। माँ मुझे पहुँचाने तथा लाने स्कूल जाती थी। रास्ते में मुझे लोग घूर-घूर कर देखते थे। माँ परेशान हो जाती थी। जब मैं सत्रह साल की हुई तो सड़क पर जाते समय लोग गंदी भाषा का प्रयोग करते। माँ की आँखों में आँसू आ जाते। आँखे न रहने पर भी मैं माँ का दुःख समझ रही थी पर मैं लाचार थी बस उन्हें ढ़ांढस देकर कहती ''मा! कुत्ते हैं भौंकने दो तुम चिंता मत किया करो।''

एक दिन जब मैं स्कूल से माँ से संग लौट रही थी तो एक युवक की आवाज़ सुन माँ चौंक पड़ीं वह कह रहा था, ''माँ मैं आपसे कुछ ज़रूरी बातें करना चाहता हूँ। क्या मैं आपके संग आपके घर चल सकता हूँ?'' माँ ने कहा ''ऐसी कौन सी ज़रूरी बात है जो आप यहाँ नहीं कह सकते।''

युवक ने कहा ''बात जरूरी और लंबी है।''

माँ उसे लेकर घर आ गई। युवक बोला ''मेरा नाम रोहित है। मैं इंजीनियर हूँ। खाने लायक कमा लेता हूँ। मैं अकेला हूँ। मेरे माता-पिता की मृत्यु हो चुकी है। मैं आपकी बेटी से विवाह करना चाहता हूँ।''

माँ ने आश्चर्य से उस युवक की ओर देखकर कहा पर मेरी बेटी तो अन्धी है।

युवक बोला मुझे मालूम है। आप मेरा विश्वास कीजिए मैं आपकी बेटी को सभी सुख दूँगा जो एक अच्छा पति देता है।

माँ गद्‌गद्‌ हो गई। घर बैठे पढ़ा लिखा, कमाऊ सुदर्शन व्यक्तित्व का वर स्वेच्छा से मुझसे विवाह करना चाहता है इससे बड़ा सौभाग्य क्या हो सकता था।

मेरी अंधेरी दुनिया में रोहित सूरज बन मेरी आँखों की रोशनी बन गया। रोहित मेरा बड़ा ख्याल रखता था। मैं अपनी इस दुनिया में मग्न हो विचर•रही थी तभी दुर्भाग्य ने मेरे दरवाजे पर दस्तक दी।

एक दिन जब रोहित आफिस गया हुआ था तब दरवाजे पर दस्तक पड़ी। मुझे आश्चर्य हुआ कि रोहित तो आ नहीं सकता इस समय कौन हो सकता है। पहले तो मैंने दरवाजा नहीं खोला पर बार-बार खटखटाने पर मुझे दरवाज़ा खोलना

पड़ा। मुझे एक आवाज़ सुनाई पड़ी, ''अरे वाह रोहित ने तो अच्छा हाथ मारा है। भाभी जी! मैं उसका परम मित्र नीरज हूँ। मैं लंडन में था इस कारण शादी में आ नहीं पाया पर आपको देख कर उसकी पसंद की दाद देता हूँ। अभी तो मैं जा रहा हूँ फिर उसके साथ आपके हाथों की चाय पीने जरूर आऊँगा। यह कह कर नीरज चला गया।

अपने रूप की प्रशंसा सुन कौन स्त्री होगी जो खुश न होती हो। पर जिस ढंग से उसने यह शब्द कहे थे मुझे अच्छे नहीं लगे। शाम को रोहित के लौटने पर मैंने कहा 'आपके दोस्त नीरज आए थे। रोहित बोला, ''नीरज मेरा परम मित्र है तुमने उसे चाय वगैरह पिलाई? मैं बोली 'वह जल्दी में थे किसी दिन आपके संग आकर चाय पिएँगे।''

दो दिन बाद ही नीरज रोहित के संग घर आया। मैंने नाश्ता तैयार कर रक्खा था चाय के संग नाश्ता रख मैं अंदर जाने लगी तब नीरज बोला ''अरे भाभी जी आप कहाँ जा रही हैं? आप बैठेंगी तो चाय और मीठी हो जाएगी।'' यह कह कर वह खिलखिला कर हँस पड़ा। मुझे उसकी बेतकल्लुफी अच्छी नहीं लगी। थोड़ी देर बैठकर मैं अंदर चली आई। नीरज तथा रोहित धीरे-धीरे बातें करने लगे। मैंने सुना कई बार रोहित ने किसी बात पर अपनी असहमति दी पर बार-बार नीरज के कहने पर वह मान गया।

नीरज के जाने के बाद रोहित कुछ असामान्य दिखाई दिया। मेरे पूछने पर उसने सन्तोषजनक उत्तर नहीं दिया। दो तीन दिन बाद वह सामान्य हो गया। उसने मुझ से कहा 'सुनयना! आज से एक टीचर तुम्हें डांस तथा अंग्रेजी सिखाने आएगी। मैं चाहता हूँ तुम भी बाहर निकल कर जिंदगी का आनंद उठाओ। सोसायटी में कैसे बातें करना, डांस करना सभी तुमको आना चाहिए ताकि दोस्तों के सामने मैं गर्व से सिर उठा सकूँ। क्लब में तुम्हारा सलीका तथा सुंदरता देखकर मेरे दुश्मन ईर्ष्या से जल उठेंगे। मैं इस कारण भी तुमको ट्रेनिंग दिलवा रहा हूँ। मेरे मन में जो संशय था वह दूर हो गया। पति की खुशी तथा नाम में मेरी भी खुशी निहित थी। दिमाग की मैं तेज़ तो थी ही कुछ ही दिनों बाद मैं फटाफट अंग्रेजी बोलने लगी। डांस में भी मैं पारंगत हो गई।

एक दिन बड़े प्यार से मेरे लिए रोहित कीमती कपड़े खरीद कर लाया। उसे पहन कर तथा मेकअप करके मेरी सुंदरता में चार चाँद लग गए। मुझे एक टक निहारता हुआ रोहित बोला, ''सुनयना! तुम तो किसी अप्सरा से कम नहीं लग रही हो। आज क्लब में तुम ही तुम दिखोगी।

मैंने मायूस होकर कहा 'पर मैं अंधी हूँ लोग तुम्हारा मज़ाक उड़ाएँगे।

रोहित हँसकर बोला' तुम्हारी सुंदरता देख सभी भूल जाएँगे कि तुम अंधी हो। तुम बातें कर सकती हो, डांस कर सकती हो, फिर किसी को और क्या चाहिए।

रात को हम क्लब पहुंच गए। मुझे देख सभी तरफ से आवाज़ें आने लगीं 'अरे दोस्त रोहित इस स्वर्ग की अप्सरा को कहाँ से ले आए हो? रोहित सबसे पहले मुझे अपने अधिकारी के पास ले गया। रोहित ने कहा "सर! यह मेरी पत्नी सुनयना है। सुनयना ने हाथ जोड़ कर नमस्ते की। अधिकारी बोले 'सुनयना जी हाथ मिलाइए यह पुराने जमाने का नमस्ते आप पर जँचता नहीं। सुनयना ने मुसकरा कर हाथ मिलाया काफी देर तक जब उन्होंने हाथ नहीं छोड़ा तो सुनयना ने धीरे से अपना हाथ छुड़ा लिया!

अधिकारी बोले "सुनयना जी चलिए थोड़ा डांस हो जाए। रोहित के इशारे पर सुनयना बॉस के संग नाचने चली गई। बॉस प्रसन्नता से बोले, "सुनयना जी! जैसी आप सुंदर हैं वैसी ही नृत्य में पारंगत हैं। आँखों के न रहने पर भी आप सब कुछ कर लेती हैं। आपको देखकर कोई कह नहीं सकता कि आप की आँखें में रोशनी नहीं है। रूप तथा गुण में कोई भी स्त्री आपसे बाजी नहीं मार सकती।

नृत्य के पश्चात बॉस बोले, "रोहित! कल पत्नी के साथ घर आना थोड़ी देर गपशप करेंगे।"

घर लौटने पर रोहित बड़ा प्रसन्न नज़र आया। वह बोला, "सुनयना! बॉस तुमसे बहुत प्रभावित हो गए हैं अब मुझे पूर्ण विश्वास है कि मुझे प्रमोशन मिल जाएगा। एक बात याद रखना बॉस जो कहें मान लेना।"

दूसरे दिन शाम को हम बॉस के घर गए। उन्होंने बड़ी गर्मजोशी से हमारा स्वागत किया। काफी देर तक हम बातें करते रहे फिर मैंने बॉस से कहा, "सर! अपनी पत्नी से नहीं मिलवाइएगा?" उन्होंने कहा, "मुझे दुख है वह हफ्ते भर के लिए मायके गई हैं। उनके पिता की हालत ठीक नहीं है। आप चिंता मत कीजिए। आप की तबीयत बहलाने के लिए मैं तथा रोहित तो हैं।" यह कह कर उन्होंने तीन गिलासों में शराब भर कर हमें दी। मैंने साफ मना कर दिया। उन्होंने कहा यह बहुत हलकी शराब है स्त्रियाँ इसे बड़े शौक से पीती हैं। मैंने थोड़ा रूखे स्वर में कहा सर! आपका संग देने के लिए मैं शर्बत ले लूँगी। बॉस ने कहा ठीक है मैं आपको जोर नहीं डालूं यह कह कर उन्होंने नौकर से कहा, "फ्रिज में शर्बत रखा है उसे लेकर आओ।" शर्बत आने पर मैंने पी लिया इसी बीच बॉस को शायद कोई बात याद आ गई। वह रोहित से बोले, "जरा मनोहर लाल के यहाँ से एक जरूरी फाईल रखी है उसे लेते आइये अगर वह कहीं गया हो तो रूक कर उसका इंतजार करके फाईल लेकर ही आना।"

रोहित चले गए। मेरी आँखें धीरे-धीरे बंद होने लगी। एक सरूर सा मुझ पर छाने लगा और मैं बेसुध हो गई। कितनी देर मैं बेहोश रही मुझे पता नहीं चला। करीब एक घंटे बाद रोहित लौटे तब तक मुझे होश आ गया था। घर लौटने

पर मैं खूब रोई कि उस नराधम ने मेरे संग जो किया है उसे तुम पहले से जानते थे। तुमने अपनी पत्नी को उस नराधम के हाथों बेच दिया था।

रोहित ने थोड़ा तेज होते हुए कहा, "सुनयना! सोसायटी में सब कुछ चलता है। तुम तो पंद्रहवीं सदी की बात कर रही हो। अरे! अच्छी चीज़ को भोगने का सभी का मन करता है। फिर कुछ पाने के लिए कुछ खोना पड़ता है। बॉस ने मुझे इतनी ऊँची पोस्ट दे दी है और तुम्हें और मुझे क्या चाहिए। मुझे कार, बंगला नौकर चाकर सभी मिल गए है। संसार में पैसा ही सब कुछ होता है। मेरी नौकरी में कितनी मुश्किल से गुजारा होता था अब आफिस में मेरा कितना सम्मान होता है। बॉस ने तुम्हें जरा सा छू क्या लिया तुम इतना हाय तोबा मचा रही हो। न जाने बॉस का साथ पाने के लिए कितनी स्त्रियाँ लालायित रहती हैं। उनको क्या स्त्रियों की कमी है।"

मैं चुप होकर बैठ गई। अगर मैं अंधी न होती तो चुप होकर नहीं बैठती। मुझे सहारा देने वाला भी तो नहीं था। माँ की मौत हो चुकी थी। अब रोहित मुझे रोज क्लब ले जाता। वहाँ बड़े-बड़े लोगों से मुझे मिलाता। वैसे भी क्लब में मेरी सुंदरता की धूम मच गई थी। हर कोई मुझे भोगने के लिए तैयार बैठा था। मैं शेरों के बीच में बकरी जैसी थी। इस मौके का रोहित फायदा उठा रहा था। रोहित बोला 'सुनयना तुम मेरी खुशी चाहती हो न, तो मैं जैसा कहूँ करती जाओ, मैं निरुत्तर हो गई। जब अपना सोना खोटा हो तो परखने वाले का क्या दोष। अब चारों तरफ मेरी सुंदरता के चर्चे होने लगे। स्त्रियाँ मेरी तरफ देख कर फुसफुसा कर एक दूसरी से कहतीं, "यह तो वेश्या से भी गई गुजरी स्त्री है। पति इसका दलाल बन कर लोगों को लूट रहा है।" यह सुनकर मेरी आत्मा रो उठती पर मैं असहाय क्या कर सकती थी। रोहित के बैंक में लाखों रुपए जमा हो गए थे तथा लाकर में सोने के बिसकुट भी थे। अब उसने शराब पीनी शुरू कर दी थी। बदनाम आदमियों से दिनोंदिन उसकी दोस्ती बढ़ती जा रही थी। धीरे-धीरे वह मेरी तरफ से भी उदासीन होता जा रहा था। मेरे द्वारा पैसा कमाने तक ही उसका संबंध रह गया था। मुझे कुछ दिनों बाद पता चला कि उसने कोठों पर जाना भी शुरू कर दिया है। उन बदनाम स्त्रियों पर वह खुले हाथ से पैसा खर्च कर रहा है। मुझ अंधे का कोई सच्चा मित्र भी तो नहीं था जो मेरी सहायता करता। भविष्य की चिन्ता मुझे खाए जा रही थी। जिस सुंदरता को विवाह के समय मैं वरदान समझ रही थी। वही मेरे लिए अभिशाप साबित हो रही थी। मेरे दुर्भाग्य पर शायद भगवान को दया आ गई और एक देवदूत सरीखा पुरुष मेरी जिन्दगी में आ गया।

एक दिन जब मैं अपने दुर्भाग्य पर आँसू बहा रही थी तो नौकर ने कहा "मेम साहब एक सज्जन साहब से मिलने आए हैं," जब मैंने कहा साहब घर पर नहीं हैं तो उन्होंने कहा कि अपनी मेमसाहब से कहो मैं उनसे मिलना चाहता

हूँ। पता नहीं मेरे हृदय ने उनके व्यक्तित्व की एक सुन्दर छवि कैसे बना ली। आँसू पोछ मैंने उनको अंदर बुला लिया।

उन्होंने बड़ी शलीनता से कहा, मेरा नमा डॉ. प्रकाश है। बहुत दिनों से आपसे मिलने की इच्छी थी वह आज पूरी हो गई। आपके चेहरे की सात्विकता को देखकर मैं कह सकता हूँ कि आपके बारे में जो लोगों की धारणा है वह एकदम ग़लत है। सचमुच आप भगवान की उत्तम कृतियों में से है। अगर मैं चित्रकार होता तो आपका चित्र जरूर बनाता पर मैं आँखों का डॉक्टर हूँ। आपकी आँखों जैसी सुन्दर आँखें मैंने नहीं देखीं।

मेरी आँखें से टपाटप आँसू गिरने लगे। मैंने कहा इन आँखों की सुंदरता क्या? जब ये बेजान हैं।

डॉक्टर ने कहा, ''सुनयना जी! मैं इन आँखों को जीवंत बनाने का प्रयत्न करूँगा। क्या इस कार्य को करने में अपनी सहमति देगीं?''

मैंने कहा 'नेकी और पूछ पूछ? क्या आपको विश्वास है कि मैं फिर से देख सकूँगी?

डॉ. प्रकाश ने कहा अगर आप जन्म से अंधी नहीं हैं तो में विश्वास के साथ कह सकता हूँ कि आपकी आँखें ठीक हो सकती हैं।

सुनयना ने कहा 'डॉक्टर प्रकाश! मेरी कहानी बड़ी दुःखांत है। नौ साल की उम्र में मेरी आँखें एक कार के आगे गिरने से उसके धक्के के कारण चली गई थीं। सत्रह साल की उम्र में मेरी सुंदरता पर मुग्ध होकर रोहित से मेरा विवाह हुआ। उस समय सचमुच में रोहित देवदूत बनकर मेरी जिंदगी में आया था। बिना किसी स्वार्थ के उसने मुझ अंधी से विवाह किया था। सिवा सुंदरता के मेरे पास था ही क्या पर उसने सच्चे दिल से मुझसे प्यार किया था। दो चार महीने हमारे बहुत अच्छे बीते थे रोहित की आँखें जैसे मेरी आँखें बन गई थीं। मुझे लगता ही नहीं था कि मैं अन्धी हूँ। अपने को मैं बहुत सौभाग्यशाली समझ रही थी। पर क्या मुझे पता था कि दुर्भाग्य मेरे दरवाजे तक आ पहुँचा है।

एक दिन जब रोहित आफिस गया हुआ था तब दरवाजे पर दस्तक पड़ी। मुझे आश्चर्य हुआ कि ऐसे समय में कौन आ सकता है। मैंने दरवाज़ा नहीं खोला पर बार-बार दरवाज़ा कोई जब खटखटाने लगा तब हार कर मैंने दरवाज़ा खोल दिया। मुझे आवाज़ सुनाई पड़ी, ''वाह! रोहित ने तो अच्छा हाथ मारा है। भाभी जी! मैं रोहित का मित्र नीरज हूँ। मैं बाहर था इस कारण शादी में नहीं आ पाया पर आपको देखकर उसकी पसंद की दाद देता हूँ। अभी तो मैं जा रहा हूँ फिर किसी दिन आकर आपके हाथ की बनी चाय पीने जरूर आऊँगा। यह कह कर नीरज चला गया। दो तीन दिन बाद नीरज आया उसने रोहित के कान में क्या फूँक दिया कि वह पैसा बटोरने के लिए लालायित हो उठा। उसने मुझे सीढ़ी बना

कर काम निकालना शुरू कर दिया। वह मेरा पति न होकर दलाल बन कर मेरा जिस्म बेचने लगा। मैं अंधी जिसका कोई सहारा नहीं था नर्क की ज्वाला में जलती रही किससे अपना दुःख कहती सभी तो माँस नोचने वाले मनुष्य रूप में भेड़िए थे। किसी को भी मुझसे सहानुभूति नहीं थी। वे सभी मेरा शरीर चाहते थे।

आज पहली बार आप जैसा दयालु मेरी सहायता करना चाहता है। मैं आपको देख नहीं सकती पर आपकी सुंदर सौम्य छवि मेरे हृदय में अंकित हो गई है। इतनी देर से आप बैठे हैं पर एक बार भी आपने मुझे छूने की उत्सुकता नहीं दिखाई है। यह आपकी महानता ही कही जाएगी।

मेरे द्वारा रोहित ने इतना कुछ कमा लिया है कि उसकी रुचि मेरी तरफ नहीं रही। पैसा होने पर कौन सा दुर्गुण है जो उसने न अपनाया हो। शराब सट्टा, रेस सभी में वह पैसा फूँक रहा है। सोचता है जब चाहेगा मेरे द्वारा कमा लेगा।

डॉ. प्रकाश मैं इस नर्क से निकलना चाहती हूँ। अगर मेरी आँखें ठीक हो जाएँ तो मैं छोटी मोटी नौकरी करके जीवन यापन कर लूँगी।

डॉ. प्रकाश बोले, "सुनयना जी! इस संसार में दुखियों की कमी नहीं है। एक दुखियारा तो आपके सामने बैठा है। आपसे अपनी दुखी जिंदगी के बारे में बताऊँगा तो शायद आपको अपना दुःख कम लगेगा। आज तक किसी को मैंने अपनी कहानी नहीं सुनाई है। आपको दुःखी देख मैं अपनी कहानी सुना रहा हूँ। एक दो दिन नहीं बल्कि बीस साल मैं नरक की ज्वाला में जिया हूँ। मैं भी बहुत गरीब था। माँ बाप मेहनत मज़दूरी करके मुझे पढ़ा रहे थे। आप देख नहीं सकती अगर देख सकती तो मेरे सुदर्शन व्यक्तित्व को देख कर दाद देती। पढ़ने में मैं बहुत तेज था। ट्यूशन करके मैंने डाक्टरी पास की। मेरे सीनियर की बेटी मेरी सुंदरता पर लट्टू हो गई। वह मामूली शक्ल की थी। मेरे बॉस ने मेरे सामने अपनी बेटी रेखा के विवाह का प्रस्ताव रखा। मैंने कहा 'यह विवाह सफल नहीं हो सकेगा। मेरे और आपके पद में बहुत अंतर है। मेरे बहुत मना करने पर भी बेटी की इच्छा देख उन्होंने मुझे मजबूर कर दिया। मुझे रेखा से विवाह करना पड़ाा पहली ही रात में मैंने पाया कि रेखा शक्की, ईर्ष्यालु स्वभाव वाली स्त्री है। वह हीनता से पीड़ित रहती थी। कुछ दिन तो मैं उसकी बातें जो वह कहती मान लेता ताकि घर में शांति रहे। चार साल तो मैंने उसके संग किसी प्रकार काट लिए तभी दुर्भाग्य ने मेरे जीवन में प्रवेश किया। यह शनीचर रेखा के माता-पिता थे। वह हमेशा के लिए हमारे संग रहने को आ गए। मैंने बहुत चाहा कि वह दूसरा मकान लेकर रहे पर उन्होंने कहा हमारी एक ही बेटी है हम उसी के पास रहेंगे। अगर आप नहीं चाहते तो इसी फ्लैट के ऊपर एक फ्लैट बिक रहा है हम उसे खरीद लेते हैं। आँगन में एक सीढ़ी बनवा लेते हैं। जो आपके फ्लैट में अंदर से भी आना-जाना रहेगा। मैं इस पर भी राजी नहीं होता पर हमारी एक बेटी हो चुकी थी। रेखा नौकरी

कर रही थी। उस बच्ची की खातिर मुझे राजी होना पड़ा। रेखा की माँ बच्ची को देखने लगी। इस फ्लैट को खरीदने में मेरे ससुर ने पूरा पैसा मुझसे ले लिया था। मुझे काफी लोन लेना पड़ा। बैंक में कुछ नहीं रहा। सब कुछ देने के बाद जब रजिस्ट्री का समय आया तो उन्होंने रेखा के नाम रजिस्ट्री करा दी। मैंने बहुत कहा कि हम दोनों के नाम करा दीजिए पर वह किसी प्रकार राजी नहीं हुए। जब मैं माता पिता से मिलने जाने वाला होता रेखा कहती अगर तुम गए तो मैं छत से कूद जाऊँगी और यह लिख कर जाऊँगी कि तुमने मुझे मरने पर मजबूर किया था। मैं डर जाता माता पिता से मेरा संबंध टूट गया। पंद्रह साल तक मैं माता पिता से नहीं मिला। इस बीच मेरे पिता की मृत्यु हो गई। पता चला उनको कैंसर था मेरे भाई ने फोन पर खबर कर दी थी पर रेखा ने साफ मना कर दिया था। जब भी मैं माता-पिता तथा भाई भाभी से मिलना चाहता वह चीखती चिल्लाती मुझे अपशब्द कहती। सगे सम्बन्धियों से मेरा नाता खत्म हो गया। वे तीन थे और मैं अकेला। पिता की मौत पर मैं, रेखा तथा उसके माता पिता मेरी माता के पास आए। हरिद्वार में उनके अन्तिम संस्कार के लिए भी मुझे नहीं जाने दिया और एक दिन रह कर वे जबरदस्ती मुझे अपने संग ले गए। वे तीन थे और मैं अकेला था। उनके मुताबिक नहीं चलता तो रेखा अपशब्दों की बौछार कर देती। अब पिता की मृत्यु के पश्चात उन तीनों ने जोर दिया कि अपने पिता के पैसों पर तुम्हारा भी हक है। अपनी माँ से पैसे माँगो। अगर न दें तो उनको धमकाओ कि न देने पर तुम कोर्ट तक जाओगे।

"मैंने कहा उनसे किस मुँह से पैसे माँगूं। आप लोगों ने तो मुझे जब वह मर रहे थे तब भी मिलने नहीं दिया। तीनों मुझे गालियाँ देने लगे। अकेले में मैं बहुत रोया। एक तो अंतिम दिनों में उनके दर्शन नहीं कर पाया दूसरे यह पैसों के लिए कह रहे हैं। अपने को चारों तरफ से घिरा पाकर मैंने हथियार डाल दिए और पत्र डाल दिया। माँ तथा रिश्तेदारों को बहुत आश्चर्य तथा दुख हुआ कि एक तो पिता के अंतिम दिनों में दर्शन करने नहीं आया तथा उनकी क्रिया में भी नहीं रहा और अब ये बेहया पैसे माँग रहा है। माँ ने दुखी होकर दो लाख रुपए भिजवा दिए। रुपए पाते ही उन्होंने अपनी जेब में डाल लिए। मैंने कहा भी कि यह रुपए मुझे दे दीजिए मेरे पास बैंक में तथा हाथ खर्च के लिए कुछ भी नहीं है। उन्होंने साफ मना कर दिया और बोले जरूरत पड़ेगी तो हमसे माँग लेना। मन ही मन बहुत गुस्सा होने पर और प्रतिकार न करने पर मुझे हाई ब्लडप्रेशर हो गया।

"घर में समाचार पत्र न आने पर मैंने मँगवाना शुरू कर दिया। दो दिन बाद ही जैसे ही रेखा को पता चला उसने घर में महाभारत मचाते हुए पेपर मेरे हाथ से छीनते हुए कहा 'तुम इसमें स्त्रियों की फोटो देखते हो। तुम चरित्रहीन

हो। कल से पेपर घर में नहीं आएगा। ससुर बोले 'अरे! कुछ काम किया करो। घर में तमाम जाला लग गया है लैट्रिन गंदा पड़ा है उसे तेजाब से साफ करो। बाज़ार से फल तरकारी लाकर काट लो। क्या हम इस उम्र में यह काम करेंगे?

मैं बेबस था। माँ तथा रिश्तेदारों से इन लोगों ने संबंध तुड़वा दिए थे। किस मुँह से अपनी दुखभरी कथा उन्हें सुनाता। वे तीनों मेरी बेबसी का लाभ उठाने लगे। जब भी तनख्वाह मिलती रेखा हथिया लेती। वैसे तो मुझे किसी चीज की लत नहीं थी पर आफिस में चाय वगैरह पीने के लिए मैं तरस जाता था। बस के आने जाने के पैसे मुझे मिल जाते थे। लंच में मेरी सास मुझे मोटी मोटी कच्ची रोटियाँ तथा कर्द दिन की बासी तरकारी देती थी। भूखे पेट मैं उन्हें किसी प्रकार निगल लेता था। मेरा लंच देखकर मेरे दोस्त मेरी खिल्ली उड़ाते थे। थका माँदा जब घर आता मेरे ससुर दो किलो गाजर धुलवा कर उसे छिलवा कर उसका रस निकलवाते थे। छुट्टी के दिन तो मुझे ढेरों काम सौंप दिए जाते थे। अनार का रस, नींबू का रस निकालते-निकालते मेरे हाथ दर्द करने लगते थे। जरा देर होने पर तीनों चीखने लगते थे। कई बार तो रेखा ने मुझे ट्रान्जिस्टर खींच कर मारा था। मैं बच गया था वरना मेरा सिर फूट जाता। गुस्से में रेखा इतने जोर से चीखती कि मैं डर कर चुप हो जाता कि पड़ोसी क्या सोचेगे। जितना मैं सभ्यतावश चुप रहता वे शेर होते जाते। एक घण्टे गाड़ी चलाकर मैं रेखा को आफिस छोड़ता। गाड़ी अपने आफिस में रखवा कर वह थ्रीव्हीलर पर आफिस जाने को कहती। मैं वह भी करता रहा लेकिन कभी-कभी जब मैं उसे लेने पहुँचता तो मुझे उसके इंतजार में घंटों बैठना पड़ता। मैं गाड़ी में बैठ कर तरकारी काटता ताकि घर पहुँचने पर थोड़ा आराम मिल जाए। रास्ते में किसी सुंदर स्मार्ट स्त्री या लड़की को देखकर वह मुझ पर गुस्सा करके कहती 'तुम जरूर उस लड़की को देख रहे थे, फिर गुस्से में गाड़ी का दरवाजा खोल कर उतरने की कोशिश करती। गाड़ी में रखे सभी कागज़ वगैरह उड़कर बाहर चले जाते। हार कर मैं गाड़ी रोक लेता तब वह पैर पटकती हुई रिक्शा रोककर कर घर चली जाती। मेरी माँ मिलने आती तो वह माँ से मुझे बात नहीं करने देती। वह कहती क्या बात करनी है मुझसे कहो मैं उनसे कह दूँगी। किसी स्त्री या लड़की से मेरा बोलना वह सहन नहीं कर पाती। वह गुस्से में कहती मैं आत्महत्या करके तुम्हें फाँसी दिलवाऊँगी। मैं इस डर से भी चुप रहता कि यह सचमुच में आत्महत्या न कर बैठे। कई बार वह गुस्से में घर से बाहर निकल गई थी। मैं परेशान हो दिन भर उसे खोजता रहा था। वह मिली भी तो रेलवे स्टेशन पर। मेरी बेटी बड़ी हो गई थी उसे भी उन्होंने अपने रंग में रंग लिया था। वे अब चार थे और मैं अकेला। उन चार नागों की गिरफ्त से मैं कैसे निकल पाता। उन मानसिक रोगियों के बीच मैं बीस साल तक फँसा रहा। तलाक मुझे मिल नहीं सकता था क्योंकि वे मुफ्त के नौकर को छोड़ नहीं सकते थे।

''एक दिन अपने दोस्त से मैंने अपनी दुखभरी कहानी सुनाई। उसने कहा 'प्रकाश! खून का रिश्ता बड़ा मज़बूत होता है। तुम एक बार माँ, भाई तथा रिश्तेदारों से अपनी ग़लती की क्षमा माँग लो तो वे जरूर तुम्हें माफ कर देंगे। इस समय न तो तुम्हारे पास पैसा है और न सिर छिपाने को छत। वे जानते हैं कि तुम्हारे व्यवहार के कारण तुम्हारा परिवार तुम्हें स्वीकार नहीं करेगा। उलट कर तुम उनकी शरण में आओगे और वे तुम्हें जलील करके अहसान जताते हुए रखेंगे। अबकी बार वे तुम पर पहले से ज्यादा अत्याचार करेंगे।

''मैं हिम्मत करके माँ के पास गया। मैंने रोते हुए अपनी करुण कथा सुनाई। मेरी दुखभरी कथा सुन माँ की आँखें भर आईं। माँ, भाई के संग संग मेरे परिवार वालों ने मुझे सच्चे दिल से माफ कर दिया। जो प्यार मुझे बीस साल तक नसीब नहीं हुआ था वह मिल गया। माँ ने कहा कि अब उनको पैसे की कमी नहीं है। उनकी पाँच लाख की लाटरी निकल आई है।

''मैंने ससुराल में सभी से बोलना छोड़ दिया। आफिस से घर आकर मैं आराम से टी.वी. देखता तथा फल दूध पीकर आराम से सो जाता। मेरी माँ ने मुझे टी. वी. तथा एअर कनडीशनर खरीद कर दे दिए थे। बीस साल बाद मैं सुख की नींद सोया था। न तो इसके पहले टी.वी. था न ही एअर कंडीशनर। गर्मी में मैं सो नहीं पाता था और न ही समय काटने का कोई साधन था। बस घर के कार्यों में वे लोग मुझे फँसाए रहते थे। अब जब मन होता टी. वी. देखता, सोता तथा सिनेमा जाता। किसी की बोलने की हिम्मत नहीं पड़ती थी। मेरा ब्लड प्रेशर, दमा सभी ठीक हो गए थे। मेरा भाई बहुत ऊँची पोस्ट पर था। इस कारण भी किसी की बोलने की हिम्मत नहीं पड़ती थी। मेरी माँ ने एक सुंदर मकान मेरे नाम से खरीद कर मुझे दे दिया था पर जब तक मेरी बेटी का विवाह नहीं हो जाता मैं मकान छोड़ना नहीं चाहता था। मैं अपनी बेटी को बहुत प्यार करता था। शुक्रवार की शाम को मैं माँ के पास जाता और सोमवार को सीधा आफिस पहुँच जाता था। मेरा स्वास्थ्य भी खूब अच्छा हो गया था। मुझे देख वे तीनों कुढ़ते थे क्योंकि अपनी भड़ास निकालने के लिए कोई आदमी उनके पास नहीं था। मेरी तनख्वाह भी बचने लगी थी। बैंक में रुपए जमा होते जा रहे थे। आखिर बीस साल के बाद मैंने इन नागपाशों से छुटकारा पा लिया था तथा अपना खोया आत्मविश्वास भी मैंने पा लिया था।

''सुनयना जी! आपके जीवन में भी सुख शांति के दिन जरूर आएँगे। भगवान के घर देर है अंधेर नहीं।''

सुनयना ने बुझे मन से कहा अभी तक तो चारों तरफ अंधेरा ही अंधेरा है। रोशनी की एक किरण भी तो दिखाई नहीं दे रही है।

डॉ. प्रकाश बोले 'पहली किरण तो मैं अभी आपको दिखा रहा हूँ। दो दिन

बाद ही मैं आपकी आँखों का आपरेशन करूँगा और मुझे पूर्ण आशा है कि आपकी आँखों की रोशनी जरूर आ जाएगी।

खुशी से सुनयना खिल उठी। वह बोली डॉक्टर प्रकाश सच में आप मेरे जीवन में प्रकाश ला देंगे इसका मुझे पूर्ण विश्वास है।

दो दिन बाद ही सुनयना की आँखों का आपरेशन हो गया। कई दिनों बाद जब पट्टी खुली तो सुनयना चीख पड़ी डॉ. मुझे कुछ दिखाई नहीं दे रहा है। रोहित को तो कुछ फर्क नहीं पड़ा पर डॉ. प्रकाश बड़े मायूस हो गए।

घर आने पर सुनयना रोहित से बोली 'रोहित! अब तुम्हारे पास काफी पैसा आ गया है। अब मैं थोड़ा आराम करना चाहती हूँ। कुछ दिन मैं मित्रों से मिलना तथा क्लब जाना बंद कर रही हूँ।

रोहित बोला 'ठीक है सुनयना जैसा तुम चाहती हो वैसा ही होगा। पर आराम के बाद तो मेरे दोस्तों से मिलोगी न?

सुनयना ने अपनी सहमति दे दी।

कई दिनों बाद सुनयना डॉ. प्रकाश के क्लिनिक पहुँच गई। उसे देख कर डॉ. प्रकाश को बड़ा आश्चर्य हुआ क्योंकि उसे देख ऐसा लग ही नहीं रहा था कि वह अंधी है।

डॉ. प्रकाश को आश्चर्यचकित देख सुनयना हँस कर बोली "डॉ. प्रकाश पहले तो आपसे झूठ बोलने की मैं माफी चाहती हूँ। आपका आपरेशन सफल हुआ था। मैं देख सकती हूँ। यह नाटक मैंने रोहित से बचने के लिए किया था। अब आपसे परामर्श करके मैं बच्चों के किसी स्कूल में नौकरी करके जीवन यापन करना चाहती हूँ। रोहित से मैं तलाक ले लूँगी। न देनेपर मैं उसकी पोल खोलने की धमकी दूँगी। मुझे पूर्ण विश्वास है कि उसे मुझे तलाक देना पड़ेगा। जब तक तलाक नही मिलता मैं नौकरी की खोज में लग जाऊँगी। तलाक मिलते ही मैं रोहित का घर छोड़ नौकरी से लग जाऊँगी। आज मैं कितनी खुश हूँ यह कह नहीं सकती। आपको धन्यवाद देना जैसा शब्द बहुत ही छोटा है। आप मेरे जीवन में देवदूत बन कर आए हैं। अभी फिलहाल मैं रोहित से अपनी आँखों के ठीक होने की बात छिपाऊँगी। बैंक में रोहित तथा मेरे नाम संयुक्त खाता है। धीरे-धीरे करके बैंक से मैं रुपए निकाल कर दूसरे बैंक में अपने नाम से जमा कर दूँगी। शराब के नशे में धुत उसे पता भी नहीं चलेगा। यह पैसा मैं अंधे लाचार लोगों के लिए खर्च करूँगी। इस पाप की कमाई को मैं अपने ऊपर खर्च नहीं करूँगी।" महीने भर बाद बैंक से काफी रुपय निकाल कर सुनयना ने रोहित से कहा 'रोहित! मैं इस घृणित जीवन से ऊब गई हूँ। मैं तुमसे तलाक चाहती हूँ। रोहित आश्चर्य चकित हो बोला "सुनयना! यह क्या कह रही हो तुम्हें यहाँ किस बात की कमी है? ऐसा ऐश्वर्यमय जीवन छोड़ कर तुम क्यों जा रही हो। तुम अंधी को कौन पूछेगा। सिवा

कोठे के तुम्हें कहीं शरण नहीं मिलेगी।''

सुनयना ने गर्व से सिर ऊँचा करके कहा, ''रोहित मैं अंधी नहीं हूँ। मैं देख सकती हूँ। मेरा दूसरा आपरेशन हुआ था वह सफल रहा।''

गुस्से से राहित बोला, ''मैं तुम्हें कभी तलाक नहीं दूँगा। देखता हूँ तुम क्या कर सकती हो।''

सुनयना चीखी ''और कुछ नहीं तुम्हारी पोल खोल सकती हूँ। तुम दलाल बन कर जबरदस्ती मुझसे पेशा करवाते हो। यह क्या कम गुनाह है। समाज में जो तुमने सुंदर छवि बना रखी है क्या वह बुरी तरह धराशाई नहीं हो जाएगी? इससे अच्छा है तुम चुपचाप सीधी तरह से मुझे तलाक दे दो।''

रोहित ने व्यंग्य से मुसकरा कर कहा, ''उस टटपुंजिए डॉक्टर के संग रहने का इरादा है? तुम्हारा उसके संग जो रिश्ता है उसे मैं खूब जानता हूँ।''

सुनयना बोली ''रिश्तों की महिमा तुम क्या जानो। रिश्ता जन्म का होता है। रिश्ता विवाह जैसे सामाजिक बंधन से बनता है, रिश्ता दोस्ती का होता है, रिश्ता पड़ोसियों का होता, रिश्ता प्रेमी का प्रेमिका से होता है पर इनमें से कोई भी रिश्ता मेरा डॉ. प्रकाश के संग नहीं है। इन रिश्तों के अलावा भी एक रिश्ता होता है जो अनाम रिश्ता है उसका कोई नाम नहीं है। यह रिश्ता मेरा डॉ. प्रकाश के संग है यह एक ऐसा बेनाम रिश्ता है जिसे सिवा आत्मा के कोई नहीं जान सकता। यह रिश्ता आत्मा से आत्मा का है। यह रिश्ता सच्चे दिल से बिना किसी लालच या स्वार्थ के दूसरे की भावनाओं को समझ कर, उनके दुःख को अपना दुख समझ कर उनकी सहायता करता है। यह एक ऐसा रिश्ता है जो बेनाम है इसका कोई नाम नहीं होता। यही रिश्ता मेरा डॉ. प्रकाश के संग है तुम क्या समझोगे इस रिश्ते को। यह कह कर तड़िग वेग से सुनयना वहाँ से चली गई और हतबुद्धि-सा रोहित ताकता रह गया।

दोषी कौन

सुबह के करीब छः बजे थे। नवम्बर का महीना था। गुलाबी जाड़ा पड़ रहा था। ऐसे सुहावने मौसम में पुलिस अधीक्षक रवीन्द्रनाथ तथा उनकी पत्नी सुचित्रा देवी टहल कर लौटे थे। अपने स्वास्थ्य के प्रति दोनों ही जागरूक थे। घंटा भर तो वे टहलते ही थे। इसके अलावा व्यायाम भी करते थे। उनका सौम्य चेहरा हमेशा मुस्कराता रहता था। पति-पत्नी गरीबों के मसीहा थे। हर चपरासी उनके घर काम करने को तत्पर रहता था। चार-पाँच चपरासियों को घर मिला भी था पर वे ऐसे दयालु मालिक को छोड़ना नहीं चाहते थे। घर में मेवे मिठाइयाँ जो भी आतीं उनको खाने की उन चपरासियों को पूरी छूट थी। जब कोई चपरासी अपने गाँव जाता तो उसे जितने रुपए की जरूरत होती वह सुचित्रा देवी उन्हें दे देती थीं। उन रुपयों को देकर वह भूल जाती थीं पर चपरासी भी स्वामी भक्त थे। जैसे ही उनके पास पैसा आता वह फौरन लौटा देते थे। सुचित्रा देवी को अपने चपरासियों पर पूर्ण विश्वास था। एक बार किसी सीनियर आफिसर ने इन चपरासियों में से एक को काम करने को बुलाया। घण्टों काम करने पर भी जब उसे एक प्याला चाय नहीं मिली तब उसे बहुत गुस्सा आया पर आफिसर से तो वह पंगा ले नहीं सकता। दो चार दिन काम करने के बाद उसे भूखा रहना पड़ा तो उसने एक चाल चली। आफिसर के घर में मेहमान आए हुए थे। काफी कीमती बर्तन निकाले गए थे। उसने बर्तन धोते समय चाय का कीमती प्याला तोड़ दिया। मालकिन के डाँटने पर वह रोनी सूरत बनाकर बोला 'मेमसाब! साबुन लगा रहा था। प्याला हाथ से फिसल गया। मेमसाहब को अपने कीमती प्याला टूटने का बड़ा दुख था पर वह कर भी क्या सकती थी। मन मसोस कर रह गई। दो तीन दिन शांति से बीते फिर चपरासी ने उनकी कीमती प्लेट तोड़ दी। अब मेमसाहब के सब्र का बाँध टूट गया। उन्होंने उसे डाँट कर कहा 'कहाँ का देहाती आ गया है, बर्तन तक धोने नहीं आते। यही हाल रहा तो तुम घर के सभी बर्तन तोड़ दोगे। हमें तुम्हारी जरूरत नहीं है। चले जाओ यहाँ से। 'चपरासी खुशी-खुशी लौट आया और चटखारे ले लेकर बाकी चपरासियों

के सामने अपनी कीर्ति बघारने लगा। बाकी चपरासी सचेत हो गए कि उनकी भी बुलाहट हो सकती है। उन्होंने सोचा अगर आफिसर अच्छे रहे तो वे ठीक से काम करेंगे वरना अगर उन्हें भी भूखा रहना पड़ेगा तो वे भी यही तरकीब आजमाएँगे।

वैसे तो रवीन्द्रनाथ जी के कई चपरासी थे पर ज्यादा जिम्मेवार रामभरोसे चपरासी था। वह अपनी पत्नी के संग अलग कमरे में रहता था। बाकी चपरासी दूसरे कमरे में रहते थे। यद्यपि, वह अलग-अलग विभागों में कार्य करते थे फिर भी वह रवीन्द्रनाथ के घर में रहना पसंद करते थे। आफिस से लौटने पर वह रवीन्द्रनाथ जी के घर में बड़ी निष्ठा से कार्य करते थे। क्योंकि उन्हें हर प्रकार की सुविधा थी। उनकी पूरी तनख्वाह बच जाती थी। कुछ लोग पति-पत्नी के सामने कहते 'आप दोनों ने नौकरों को खुली छूट दे रखी है। इस प्रकार तो आपका घर लुट जाएगा। 'दोनों पति-पत्नी हँस कर कहते—'पूर्वजन्म में मैंने इनका पैसा खाया होगा अगर इस जन्म में यह मेरा पैसा खा रहे हैं तो क्या बुराई है। 'पुलिस अधीक्षक रवीन्द्रनाथ जी ने कभी जोड़ने की नहीं सोची। वह कहते पैसा आता है खर्च करने के लिए। उनका कर्त्तव्य केवल इतना होता है कि बच्चों को पढ़ा लिखा कर इस योग्य बना दें कि वह अपने पैरों खड़े हो सकें। उनके दो बेटियाँ थी। दोनों ही पढ़ने में तेज थीं।

एक दिन जैसे ही रवीन्द्रनाथ जी तथा उनकी पत्नी टहल कर लौटे उसी समय रामभरोसे ने उन दोनों के श्रद्धा से पैर छुए। उसके चेहरे से खुशी दमक रही थी। रवीन्द्रनाथ बोले 'रामभरोसे! आज सुबह-सुबह क्या बात है जो पैर छू रहे हो।'

रामभरोसे ने शर्माते हुए कहा 'साहब! कल रात मेरी औरत ने बेटे को जन्म दिया है।' उल्लास से उसका चेहरा दमक रहा था।

सुचित्रा देवी हँस कर बोली 'यह तो बड़ी खुशी की खबर है। देखो! घर से मेवा, बिस्कुट तथा दूध इत्यादि ले जाओ। इस समय उसे ताकत की चीजें खिलाना।' उन्होंने दो सौ रुपए देकर कहा 'जरूरत हो तो और ले जाना।'

अपने प्रति मालिक का प्यार देख रामभरोसे की आँखें खुशी से भर आईं। एक बार फिर से दोनों के पैर छूकर वह चला गया।

सुचित्रा देवी ने बच्चे के लिए काफी सुंदर-सुंदर कपड़े खरीदे ताकि घर आने पर रामभरोसे की पत्नी को परेशानी न हो।

चार दिन बाद रामभरोसे की पत्नी रमिया अस्पताल से घर आ गई। वह सबसे पहले रवींद्रनाथ तथा सुचित्रा देवी के पास बच्चे को लेकर आई उसने आते ही बच्चे को उनके पैरों पर डालकर कहा 'मालकिन! इस बच्चे को आशीर्वाद दीजिए कि यह भी आप जैसा दयालु बने।'

सुचित्रा देवी ने जैसे ही बच्चे का चेहरा देखा वे आश्चर्यचकित रह गईं। इतना सुंदर स्वस्थ बच्चा, वह भी एक चपरासी का। कीचड़ में कमल खिला है।

बच्चा इतना स्वस्थ था जैसे चार पाँच महीने का हो। गोरा रंग, सुडौल नाक नक्श थे। वह उन्हें आँखें फाड़ फाड़ कर देख रहा था। उसकी चमकती आँखों से प्रतीत हो रहा था कि बड़ा होने पर वह कुशाग्र बुद्धि का होगा।

सुचित्रा देवी बोली 'रमिया! यह कपड़े लो तथा ढंग से बच्चे को पालो। इसके कपड़े वगैरा की फिक्र मत करना। बीस साल बाद इस कोठी में बच्चे की किलकारियाँ गूजी थी। बच्चे के कारण घर में खूब रौनक रहती थी। इतना सुंदर बच्चा उस पर से कीमती कपड़े पहन कर वह किसी रईस का बच्चा लगता था। रमिया जब काम करती तो बच्चे को पालने पर सुला देती पर सुचित्रा देवी को चैन नहीं मिलता। वह उसे पालने से उठाकर गोदी में लेकर खूब प्यार करतीं। अब बच्चा उनको देखते ही हँसने लगता था। रमिया केवल दूध पिलाती थी। बाकी समय बच्चा सुचित्रा देवी की गोद में रहता था। तरह-तरह के कीमती खिलौने बच्चे के लिए खरीदे गए थे। जबकि अभी उनके संग खेलने की बच्चे की उम्र नहीं थी। सुचित्रा देवी से कोई कहता भी तो वह कहती अरे! एक दो महीने में वह खेलने योग्य हो जाएगा।

बच्चा क्या था सुचित्रा देवी को एक खिलौना मिल गया था। अब वह पूरा समय बच्चे के संग गुजारती थीं। बच्चे की परवरिश रईसों के बच्चों के समान हो रही थी। यह देख रामभरोसे तथा रमिया गदगद थे। उन्होंने बच्चे का नामकरण बड़ी धूमधाम से किया। चार हज़ार रुपए खर्च कर दिए। इसी बीच रामभरोसे की माँ गाँव से आ गई थी। उसे भी बच्चे के होने की खुशी थी। वह परिपक्व दिमाग की थी। उसने रामभरोसे को समझाया कि बेटा जितनी चादर हो उतना पैर फैलाना चाहिए पर रामभरोसे ने हँस कर टाल दिया। बच्चे का नाम सूरज रखा गया।

सूरज अब घुटनों के बल चलने लगा था। उसका किलकारी मार कर घुटने के बल भागना सबके लिए तमाशा सा हो गया था। अब वह रवीन्द्रनाथ जी के पैर पकड़कर गोद में जाने के लिए रोता। रमिया डर जाती। वह उसे जबरदस्ती उठाकर ले जाती। सूरज के रोने की आवाज दूर तक आती।

एक दिन जब सूरज उनके पैरों में लिपट कर रोने लगा तब हार कर रवीन्द्रनाथ जी को उसे गोद में लेना पड़ा। सभी चपरासी यह देखकर आश्चर्य में पड़ गए। इतने बड़े साहब ने एक नौकर के बच्चे को कैसे गोद में उठा लिया। रवीन्द्रनाथ जी ने दो चार मिनट बच्चे को गोद में लिया फिर रमिया को पकड़ा दिया।

बच्चा सूरज क्या आया सुचित्रा देवी का जीवन ही बदल गया। दिन भर वह सूरज के संग खेल कर बिताती थी। उन्होंने उसे सभी कुछ दिया जो एक रईस के बेटे को मिलता है। सूरज धीरे-धीरे जिद्दी होजा जा रहा था। वह वही कपड़े पहनता जो उसे पसंद आते। रामभरोसे ने उसके लिए कीमती साबुन, पाउडर, मालिश करने का कीमती तेल इत्यादि सभी आवश्यक चीजें खरीदनी शुरू कर दीं। सुचित्रा देवी ने नहाने के लिए सुंदर टब, बड़ा ही सुंदर वाकर, बच्चे की साइकिल इत्यादि खरीदी।

दस रुपए का गुब्बारा वह मिनटों में तोड़कर फेंक देता था। हर चीज को तोड़कर फेंकना उसे पसंद था। सुचित्रा देवी के कमरे में घुसकर वह कीमती सेंट की शीशी फेंक देता तो कभी घड़ी को पटक कर पीट-पीट कर तोड़ डालता। किताबें फाड़ना उसका मामूली-सा काम था। कोई चपरासी शिकायत करता तो सुचित्रा देवी कहतीं "बच्चा है। यह नहीं तोड़ेगा तो कौन तोड़ेगा।" सूरज को गुस्सा आता तो वह किसी को भी काट लेता या उस पर थूक देता। उसकी हर बुराई को सुचित्रा देवी बच्चा कह कर टाल देतीं। कभी कोई चीज जिसे वह चाहता हो कोई ले लेता तो वह उस पर थूकता तथा मारता था। उसके सौ खून माफ थे। घर में उस छोटे से बच्चे की चलती थी। सभी चपरासी उससे परेशान थे। पर सुचित्रा देवी से किसी को शिकायत करने की हिम्मत नहीं पड़ती थी। रोज दो अंडे, दो केले, सेब, अंगूर तथा सेर भर दूध पीकर वह तगड़ा हो गया था। खाने के लिए रमिया उसके लिए ऐसी खीर बनाती जो खौलते-खौलते रबड़ी सी बन जाती थी। वह इतना कुछ हजम कर जाता था क्योंकि वह खूब दौड़ता था। रमिया भी कम नहीं थी मालकिन का बच्चे के प्रति प्यार देखकर वह भी बहती गंगा में हाथ धोने से चूकती नहीं थी। वह जबरदस्ती सूरज को नमकीन, मिठाई तथा फल इत्यादि खिलाती थी और हमेशा कहती सूरज तो कुछ खाता ही नहीं है। बाकी के चपरासी कुढ़ जाते थे जब सूरज उनके कमरे में घुस कर उनका सामान इधर-उधर फेंक देता था। वह शिकायत किससे करते, मन मार कर बैठ जाते थे।

जब तक सूरज छोटा बच्चा था तब सभी चपरासी उसे खूब प्यार करते थे पर तीन साल का होते-हाते वह इतना शैतान हो गया कि सभी चपरासियों ने उससे प्यार करना छोड़ दिया। अब वह सभी को मारता या दाँत काट लेता था। रामभरोसे की आँखों का वह तारा था। वह लोगों से कहता 'जानते हो मैंने इसका नाम सूरज क्यों रखा है? यह सूरज के समान मेरे जीवन में उजाला फैला देगा? मैं इसे डॉक्टर बनाऊँगा। ताकि इसकी शोहरत चारों तरफ फैल जाए। उसने सूरज का सबसे अच्छे स्कूल में दाखिला करा दिया था। तीन साल का होने पर भी सूरज ठीक से बोल नहीं पाता था था पर रामभरोसे को विश्वास था कि बच्चों के संग रह कर वह बोलना सीख जाएगा। स्कूल में पहुँच कर उसने बच्चों को मारना शुरू कर दिया। प्रिंसिपल उसका दाखिला करवाना नहीं चाहती थी पर रवीन्द्रनाथ की सिफरिश पर उसे राजी होना पड़ा। रमिया सूरज को अच्छे से अच्छे टिफिन बना कर देती थी पर वह दूसरे बच्चों की टिफिन छीन कर खा लेता था। प्रिंसिपल परेशान हो गई। उसने रामभरोसे को बुला कर कहा, "रामभरोसे अपने बच्चे को सिखाओ कि वह न तो बच्चों को मारे न उनका टिफिन खाए।" रामभरोसे ने सूरज को बहुत समझाया कि ये गंदी बातें है। मत किया करो पर जिस ढंग से उसे पाला जा रहा था उसके कारण वह अपने को सब बच्चों से ऊँचा समझने लगा था। घर पर उसकी हर

बात मान ली जाती थी। वह जिसको चाहता मार देता था। घर पर कोई भी खाना खाता वह प्लेट से खाना निकाल कर खाने लगता। यह देख सब हँसते तो वह सोचता यह खराब बात नहीं है। रामभरोसे को स्कूल की तगड़ी फीस भरनी पड़ती थी। उसका गुजारा मुश्किल से होने लगा था। बच्चे की फरमाइशें पूरी करने के लिए अब उसकी नीयत डोलने लगी थी। वह बाजार से जब रवीन्द्रनाथ जी का सामान लाता तो काफी रुपए अपनी जेब में डालता। सुचित्रा देवी ने उससे कभी हिसाब नहीं माँगा। वह उस पर पूरा विश्वास करती थी। नौकरों में कानाफूसी शुरू हो गई। नौकरों ने इशारे इशारे से उसे समझाया पर सूरज के प्यार में वह इस कदर खो गया था कि दिनों दिन वह बेईमान होता गया। सुचित्रा देवी के कानों में यह खबर पहुँची पर उन्होंने सोचा कितना खाता होगा। यह देख रामभरोसे की हिम्मत बढ़ती गई। घर के कामों में उसकी रुचि घटती जा रही थी। उसका पूरा ध्यान सूरज पर केंद्रित होता जा रहा था। इसमें कोई शक नहीं कि सूरज बड़ा कुशाग्र बुद्धि का था। वह ठीक से बोल नहीं पाता था पर जानता था कि कौन सा मोबाइल किसका है। वह दीदी का फोन किसी दूसरे को नहीं देता था। कौन सा जूता किसका है यह वह जानता था। उसकी भोली शक्ल पर सभी मोहित हो जाते थे। ज्यों ज्यों वह बड़ा होता जा रहा था, ढीठ होता जा रहा था। जिस बात को मना करो उसी को बार-बार करता थ। दूसरों को खिजाने में उसे मजा आता था। अब तक उसके सौ खून माफ थे पर अब थोड़ा पासा पलटने लगा था। घर में बड़ी बेटी कुत्ते के दो बच्चे लेकर आई। पिल्ले बड़े ही सुंदर थे। अब सुचित्रा देवी तथा सभी लोग उन पिल्लों से खेलने लगे थे। जब सभी कुत्ते के पिल्ले को प्यार करते तब सूरज अपने प्यार में में हिस्सा बँटाने वाले कुत्ते के बच्चों को मारने लगता। उसकी इस हरकत पर सभी नाराज होकर उसे मार देते।

सूरज इतना तो समझ गया था कि अब पहले जैसा प्यार उसे नहीं मिलेगा। अब वह छिप-छिप कर उन्हें मारता। कुत्तों के भौंकने की आवाज सुन सभी समझ जाते कि सूरज ने ही शैतानी की होगी। धीरे-धीरे सभी का कुत्तों के प्रति प्यार बढ़ता गया और सूरज के प्रति कम होता गया। घर के सदस्य सोचने लगे कि अब सूरज बड़ा हो गया है इसे थोड़ा समझदार होना चाहिए। ज्यों-ज्यों सूरज बड़ा होता गया वह पैसों का महत्त्व समझने लगा। वह फाटक पर पहुँच कर गुब्बारे वाले या आइसक्रीम वाले को रोक लेता और उनसे माँगता। बचपन से गाड़ी में बैठने की वह जिद करता, पैर पटकता तथा चीखता तब सभी उसे बच्चा समझ कर गाड़ी में बैठा लेते।

एक बार सुचित्रा देवी की बड़ी बेटी के संग जिद करके वह बाजार गया। वहाँ वह बहुत कीमती खिलौने को देखकर लेने की जिद करने लगा और वहीं सड़क पर लेट कर चीखने लगा। काफी लोग जमा हो गए। सभी उसे घर का सदस्य समझने लगे थे। वे कहने लगे 'यह हैं गाड़ी वाले पर बच्चा रो रहा है। इन्हें उसका

जरा भी ख्याल नहीं है।'

सुचित्रा देवी की बेटी को बहुत शर्म आई। घर आकर उसने सुचित्रा देवी से कहा माँ "मैं सूरज को लेकर बाहर नहीं जाऊँगी।" इसने तो आज तमाशा खड़ा कर दिया था। सुचित्रा देवी को फूलों से बड़ा प्यार था। उनके बाग में एक से एक सुंदर फूल थे। सूरज फूलों को तोड़-तोड़ कर फेंक देता। कोई नई पौध लगती तो उसे उखाड़ कर फेंक देता। उसे प्यार से समझाते पर वह किसी की नहीं सुनता और बार-बार वही काम करता। उसे मार खाने का भी डर नहीं रहता। पढ़ने में उसकी रुचि कम थी पर हर चीज को वह बहुत जल्दी समझ लेता था। अगर बचपन से उसे प्यार के संग अनुशासन भी मिलता तो वह एक अच्छा बच्चा बनता। उसे तो बचपन से प्यार ही मिला। आठ साल का होते होते वह पैसों का महत्त्व समझने लगा था। बाप की जेब से पैसा निकालकर वह जो चीज पसंद आती खरीद लेता। कुछ दिन तो रामभरोसे को पता नहीं चला। पर जब जल्दी जल्दी जेब से पैसे गायब होने लगे तो वह समझ गया कि सिवा सूरज के यह और किसी का काम नहीं है। उसने प्यार से सूरज को समझाया कि बेटा चोरी करना बुरी बात है। तुम मुझसे माँग सकते थे।

सूरज अकड़कर बोला "क्या भिखमंगों के समान मैं रोज तुमसे पैसे माँगा करूँ। यह घर मेरा भी है। मैंने पैसे निकाले इसमें चोरी की क्या बात है। मैंने पिता के पैसे निकाले हैं किसी गैर के तो नहीं।"

उसकी बातें सुन रामभरोसे सन्न रह गया। उसने सोचा भी न था कि जिस बेटे को उसने इतना प्यार दिया है वह इतना बदतमीज़ हो जाएगा।

जब सूरज बच्चा था तब एक खिलौने के समान उससे खेला जाता था पर अब वह बड़ा होता जा रहा था। उसके बारे में अब कुछ उल्टी सीधी बातें भी सुचित्रा देवी को सुनाई पड़ने लगी थीं। अब कुत्तों के आने से वह उन्हीं में व्यस्त हो गई थीं। सूरज का यह देख-देखकर कुत्तों के प्रति गुस्सा बढ़ता जा रहा था। वह अपने प्रति घटते प्यार के लिए उन्हीं को जिम्मेदार समझता था। उसका बस चलता तो वह कुत्तों को मार डालता। उसकी हिंसक प्रवृत्ति दिनों दिन बढ़ती जा रही थी। बारह साल का होते-होते वह बीड़ी सिगरेट पीने लगा। वह बुरी संगत में पड़ चुका था।

रामभरोसे के सपने धराशायी होते नज़र आ रहे थे। वह जितना प्यार से सूरज को समझाता वह उतनी बदतमीज़ी से उससे बात करता। पति पत्नी दोनों हार गए थे।

अठारह साल का होते-होते सूरज दादा बन चुका था। उसकी बदमाश गुंडों की टोली बन गई थी। वह स्मैक, हशीश तथा चरस जैसे नशीले पदार्थों की तस्करी करने लगा था। अब रवीन्द्रनाथ तथा सुमित्रा देवी ने रामभरोसे से कहा कि वह उनका घर छोड़ दे। सूरज के कारण उनकी बदनामी हो रही थी।

सूरज को पता चला तो वह रामभरोसे से बोला ''बाबूजी! हमें पैसों की कमी नहीं है। हम अच्छा सा मकान लेकर रह सकते है।'

रामभरोसे बोला 'बेटा! इतना पैसा कहाँ से आएगा? सूरज बोला ''बाबूजी! अब आपका बेटा रईस हो गया है। हम भी रईसों के समान ठाठ से रहेंगे। मेरे पास पैसे की कमी नहीं है और न कभी होगी। आपको आम खाने से मतलब है गुठली गिनने से नहीं।''

कुछ महीने रामभरोसे के बड़े आराम से कटे फिर एक दिन पुलिस सूरज को गिरफ्तार करके ले गई। उसके पास से काफी मात्रा में नशीले पदार्थ बरामद हुए। रामभरोसे पर जैसे बिजली गिर पड़ी। वह बोला ''मेरा बेटा ऐसा घृणित काम नहीं कर सकता। इसका कोई कसूर नहीं है। इसे फँसाया गया है।''

इंस्पेक्टर बोला, हमने अच्छी तरह से जाँच पड़ताल करके ही इसे गिरफ्तार किया है। हम महीनों से इसका पीछा कर रहे थे। जब सभी सबूत मिल गए तभी हमने यह कदम उठाया है।

रामभरोसे रोता हुआ रवीन्द्रनाथ जी के पास पहुंच कर गिड़गिड़ा कर बोला, ''साहब! अपने सूरज को बचपन से बहुत प्यार किया है। उसे बचा लीजिए।''

रवीन्द्रनाथ बोले ''रामभरोसे! इस केस में मैं कुछ नहीं कर सकता क्योंकि सूरज रंगे हाथों पकड़ा गया है। मैं पैसे से तुम्हारी सहायता कर सकता हूँ पर उसे छुड़ाने में तुम्हारी सहायता नहीं कर पाऊँगा।'' रोता-रोता रामभरोसे लौट गया। उसकी आशा पर तुषारपात हो गया था। वह जेल में सूरज से मिलने पहुँचा ताकि उससे पूछ सके कि सच्ची बात क्या है। क्या वह सचमुच में ऐसा घृणित कार्य करके पैसे कमाता था?

बाप को देखते ही सूरज की आँखें भर आईं। वह रोता रोता बोला, ''बाबू जी मैंने सचमुच में यह घृणित काम किया है पर इसका जिम्मेदार कौन है क्या आप जानना चाहते हैं। वह है मेरी परवरिश। बचपन से मुझे रईसों के बच्चों के समान पाला गया। मैंने जो चीज चाही, वह मुझे फौरन मिल गई। जब मैं किसी चीज की माँग करता वह रवीन्द्रनाथ जी तथा सुचित्रा देवी फौरन देती थीं। मैं किसी को मारता काटता था, थूक देता तब सभी मुझे बच्चा समझकर हँसते थे। मुझे शह मिल जाती थी। कीमती से कीमती चीजें मैं तोड़ देता, तब भी हँस देते थे। जब जरा भी मेरी बात नहीं मानी जाती, तब मैं गुस्से में तोड़-फोड़ शुरू कर देता। जब मुझे प्यार के संग अनुशासन की जरूरत थी तब सभी ने मुझे केवल प्यार दिया। कभी किसी ने या आपने मुझे प्यार से या डाँट कर यह नहीं कहा कि यह गंदी बात है। जब कोई मुझे टोकेगा नहीं या सज़ा नहीं देगा, तब तक मैं कैसे समझता कि यह गंदा काम या आदत है। आप लोग तो खुश थे कि मैं ऐशोआराम में पल रहा हूँ। जब मैं ऐशोआराम में पल कर बड़ा होता गया, तब मेरी ये गंदी

आदतें लोगों को चुभने लगीं। जिद्दी तथा ढीठ तो मैं बचपन से था। अपनी बात मनवाए बिना मैं मानता नहीं था। जिस घर में मैं राजा के समान पला था, वहाँ तिरस्कार या मार मैं बरदाश्त नहीं कर पा रहा था। बचपन में मैं फलों को जरा सा खाकर फेंक देता था वहीं फल मुझे नसीब नहीं हो रहे थे। फिजूल खर्ची मेरी आदत बनी हुई थी। जब मैंने आपकी जेब से पैसे चुराने शुरू किए थे आपको उसी समय मुझे पीटना था। स्कूल तो मैं बहुत कम जाता था। पूरा समय मेरा गुंडों लफंगों के संग बीतने लगा। आप जितना पैसा मुझे दे सकते थे देते थे। आपने कभी यह जानने की कोशिश नहीं की कि मैं इतने पैसे क्यों माँगता हूँ। उन पैसों का मैं क्या करता हूँ। धीरे-धीरे मैं सिगरेट शराब जैसी चीजों का इस्तेमाल करने लगा इसके लिए ज्यादा पैसों की जरूरत पड़ने लगी। तब मैं अपने बदमाश दोस्तों के संग छोटी-छोटी चोरियाँ करने लगा। भाग्य से पकड़ा नहीं गया। यह देख दिनों दिन मेरी हिम्मत बढ़ने लगी। फालतू पैसा खर्च करने की मेरी आदत बन गई। तब मैंने ड्रग का धंधा शुरू कर दिया। इसमें मुझे पैसे की कमी नहीं रही। जिस परवरिश में मैं पला था अब मैं उसी के सपने देखने लगा। मैं भी रईसों के समान जीवन व्यतीत करना चाहता था। रातों रात रईस बनना चाहता था। इसलिए ड्रग का धंधा मुझे जँच गया। आपने मुझे डॉक्टर बनाने के सपने देखे थे। पर क्या आपने बचपन से मुझे सिखाया कि जितनी चादर हो उतना पैर फैलाओ बल्कि आपने तो पेट काट-काट मुझे पैसे देने शुरू कर दिए। आपने मुझे अपने बुढ़ापे की लाठी समझा था पर क्या मैं बन सका? आपके रहने का जो स्तर था मुझे आपको उसी स्तर पर पालना पोसना था। रवीन्द्रनाथ तथा सुचित्रा देवी के लिए तो मैं एक खिलौना था। इस खिलौने ने उनके जीवन में रस घोल दिया था, पर जीवन भर तो मैं खिलौना रह नहीं सकता था। बड़ा होने पर मैं उनका मन बहलाने योग्य तो नहीं रह गया था। तब मैं चपरासी का बेटा बन गया। उनका कोई दोष नहीं था। मैं जो था उन्होंने मुझे वही मान लिया। बाबू जी! न मैं वैसे वातावरण में पलता न ही आपको यह दिन दिखना पड़ता। मेरे कारण आपको ईमानदारी से हाथ धोना पड़ा। मुझे पैसे देने के लिए भी आपने यह काम किया। पर यह सब करके आपने मुझे पतन के गड्ढे में नहीं ढकेल दिया! सूरज ने अपने बाप की तरफ ऊँगली उठा कर कहा ‘‘मेरी इस दशा के दोषी आप हैं। बाबू जी आप।’’ यह कहते-कहते उसकी मुट्ठियाँ भींच गईं।

अपने-अपने अनुभव

रेल के द्वितीय श्रेणी के डिब्बे में चार पुरुष तथा एक महिला यात्री थे। जैसे ही गाड़ी ने थोड़ी रफ्तार पकड़ी वैसे ही एक युवती ने चलती गाड़ी में अपना सूटकेस फेंका फिर वह गाड़ी में चढ़ने का प्रयत्न करने लगी। बड़ी मुश्किल से उसने दरवाजे का हैंडिल पकड़ा। अंदर बैठे यात्रियों ने उसको अंदर आने में सहायता की।

युवती की उम्र करीब बीस-बाईस की लग रही थी। वह अत्यंत सुंदर तथा स्मार्ट थी। उसके घने काले कटे बाल उसके चेहरे पर आ गए थे जिसे उसने बड़ी अदा से पीछे किया। उसका रंग तो गेहुँआ था पर नाक-नक्श बड़े ही कँटीले थे। वह किसी समृद्ध खानदान की लग रही थी। कानों में हीरे के टौप्स तथा हाथ की उँगली में हीरे की कीमती अंगूठी थी। सोने की चुड़ियाँ एक हाथ में तथा दूसरे हाथ की कलाई में बहुमूल्य घड़ी थी। घबराहट के मारे उसके चेहरे पर पसीना आ रहा था। वह निढाल सी सीट पर बैठ गई। वह अभी तक हाँफ रही थी। पास बैठी महिला ने उसे पीने को पानी दिया। पानी पीकर उसने आँखें खोली। उन चुम्बकीय आँखों को देख ऐसा लगा जैसे झील में दो कमल खिल गए हों। उसने शर्माते हुए कहा "माफ कीजिएगा मैंने आप सभी को बहुत परेशान किया।" उसकी सुंदरता से अभिभूत सभी यात्री एक स्वर में बोल उठे "हम लोग तो आपकी कोई खास सहायता नहीं कर पाए पर आपकी हिम्मत देख जरुर आश्चर्य चकित रह गए। चलती गाड़ी में जब उसने स्पीड पकड़ ली थी आपने चढ़ने का जोखिम क्यों लिया। आपकी जान भी जा सकती थी।"

युवती की आँखों में आँसू भर आए। वह बोली मेरे पिताजी की हालत बहुत खराब हो गई है। उनको देखने जा रही थी। देर होने से शायद मैं उनके दर्शन न कर पाऊँ। उनका भेजा टेलीग्राम अभी मुझे मिला और मैं स्टेशन भागी। देख कि गाड़ी ने स्पीड पकड़ ली है। मैंने खतरा मोल लेना ही उचित समझा क्योंकि बारह घंटे बाद ही मुझे दूसरी गाड़ी मिलती। मैंने तो टिकट तक नहीं खरीदा। क्या टिकट चेकर आया था? महिला बोली "वह हमारे टिकट देखकर दूसरे डिब्बे में

चला गया है।

युवती की आँखों में अभी भी आँसू तैर रहे थे। सभी ने उसे ढाढ़स बँधाते हुए कहा "आप अभी से इतनी निराश क्यों हो रही हैं। आपके पिताजी जरूर अच्छे हो जाएँगे।" युवती ने रूमाल से आँसू पोंछते हुए कहा "आप सब मेरे पिताजी के लिए भगवान से प्रार्थना कीजिए। आप बुजुर्गों की प्रार्थना भगवान जरूर सुनेंगे।

प्रौढ़ महिला बोली "आपको इतने कीमती गहने पहन कर यात्रा नहीं करनी चाहिए। आजकल यात्रा में काफी ख़तरा रहता है। मैं तो भुक्तभोगी हूँ। यात्रा में किसी पर दया भी नहीं करनी चाहिए। अच्छा तो यह है कि हमें सतर्क रहना चाहिए। मैं एक बार ठगी जा चुकी हूँ इसलिए काफी सतर्क रहती हूँ। सभी यात्री एक स्वर में बोल उठे "आप अपना अनुभव सुनाइए ताकि हम भी सहज रहें।"

यह महिला भी किसी अभिजात्य कुल की लग रही थी। वह बोली 'एक बार जब मैं यात्रा कर रही थी तो कम्पार्टमेंट में सभी पुरुष थे। गाड़ी चलने से थोड़ा पहले एक स्त्री ने प्रवेश किया। स्त्री के पास कोई सामान नहीं था। वह गरीब लग रही थी। मैंने अपने लिए खाना निकाला। उस स्त्री ने ललचाई दृष्टि से खाने की तरफ निहारा। मुझे लगा वह भूखी है। मैंने उसे खाना दिया। उसने बड़ी कृतज्ञता से मेरी तरफ देखकर खाना खुरू कर दिया। नवंबर का महीना था। सभी यात्री अपना बिस्तर बिछा कर सोने का उपक्रम करने लगे। उस गरीब स्त्री के पास ओढ़ने को कुछ नहीं था। वह सर्दी से काँप रही थी। मेरे अपने पास भी बिस्तर के अलावा केवल एक कीमती दुशाला था। मैंने सोचा यह स्त्री दिल्ली जा रही है। गाड़ी सुबह दस बजे दिल्ली पहुँचेगी। क्यों न रात भर के लिए यह दुशाला इसे ओढ़ने को दे दूँ। सुबह ले लूँगी। मैंने दुशाला उसे ओढ़ने को दे दिया। दुशाला पाकर स्त्री बहुत खुश हुई। उसने मुझे धन्यवाद दिया फिर वह दुशाला ओढ़ कर सो गई।

सवेरे का झुटपुटा था। मैं आँख मलती उठी। देखा कि गाड़ी किसी छोटे स्टेशन पर रूकी है और उस स्त्री का कहीं पता नहीं है। मैं गाड़ी से उतर कर स्टेशन की तरफ भागी। मैंने उस स्त्री को भागते हुए देखा। मैंने चिल्ला कर कहा "मेरा दुशाला देती जाओ।" वह स्त्री और तेजी से दौड़ती हुई बोली "मैं क्या जानूँ तुम्हारे दुशाले को" गाड़ी ने सीटी दे दी। मैंने सोचा दुशाले के लिए गाड़ी तो छोड़ नहीं सकती। इसलिए दौड़ कर लौट पड़ी।

इस घटना को सुनकर चारों यात्रियों को अपने अनुभव याद आने लगे। सभी कहने लगे रेल में एक से एक बढ़कर चोर उचक्के लगे रहते हैं। सबसे अच्छी नीति है कि किसी पर विश्वास न करें वरना कहीं न कहीं कभी न कभी धोखा खाना पड़ता है।

सभी यात्री एक दूसरे के अनुभव सुनने को आतुर हो गए।

पहल डॉक्टर श्याम दास ने की। वह नामी डॉक्टरों में से एक थे। वह करीब

साठ साल के थे। वह बोले "यह उन दिनों की बात है। जब मैं युवावस्था को पार करके परिपक्वता की ओर क़दम बढ़ा रहा था। मेरी प्रैक्टिस अच्छी चल रही थी। एक बार मैं प्रथम श्रेणी में यात्रा कर रहा था। उस डिब्बे में एक यात्री और था। देखने में वह भले खानदान के समृद्ध व्यक्ति मालूम पड़ रहे थे। वह फटाफट अंग्रेजी बोल रहे थे। मेरी उनसे धीरे-धीरे बात-चीत आरम्भ हुई। उन्होंने अपनी जेब में से बहुत ही मूल्यवान तथा सुन्दर सिगरेट केस निकाल कर एक सिगरेट मुझे पीने को दी। मैं सिगरेट का शौकीन था। सिगरेट लेकर मैं पीने लगा। सिगरेट से इतनी भीनी-भीनी और विचित्र सुगंध आ रही थी कि मैं मस्त हो गया।

उक्त सज्जन मेरी आँखों की तरफ देख रहे थे। दो-तीन मिनट देखने के बाद वह मेरे अत्यंत पास आ गए और मेरी जेब में हाथ डाल दिया। प्रकट रूप में मैं बिल्कुल चैतन्य था किंतु हाथ-पैर हिलाने की शक्ति खो बैठा था। उस व्यक्ति ने जेब से ताली का गुच्छा निकाल कर सन्दूक खोला। सारी नगदी तथा कीमती सामान निकाल कर फिर मेरी घड़ी, चैन इत्यादि ले लिया। अगले स्टेशन पर गाड़ी की गति धीमी हुई तो वह सब सामान लेकर उतर पड़ा।

मुझे पता नहीं कितनी देर बाद होश आया। जब मैं अपने आपे में आया तो देखा कि गाड़ी किसी बड़े स्टेशन पर खड़ी थी। मैंने स्टेशन मास्टर को सब हाल सुनाया। पुलिस आई। रिपोर्ट लिखवाई। सब मिला कर करीब पाँच छह हजार का सामान गया था। पुलिस ने अपनी खाना तलाशी पूरी कर दी। किन्तु खोया सामान कब मिला है।

महिला बोली, "तब आप आगे के लिए सचेत हो गए होंगे। फिर किसी की दी हुई सिगरेट तो नहीं पीते होंगे? डॉक्टर बोले, "हाँ! पूर्ण रूप से मैं सचेत हो गया हूँ।" महिला ने दूसरे आदमी से कहा अब आप अपने अनुभव सुनाइए।

डॉक्टर साहब ने बीच में टोक दिया, "अभी थोड़ा सा किस्सा बाकी है।"

सब बोल उठे "हाँ, हाँ, सुनाइए।"

डॉक्टर बोले "इस घटना के कई वर्ष बाद मैं प्रथम श्रेणी में यात्रा कर रहा था। एक सज्जन और भी बैठे थे जो शेरवानी, चूड़ीदार पैजामा तथा टोपी पहने थे। कपड़ों से इत्र की महक आ रही थी। हाथों में फूलों के गजरे लपेटे हुए थे। बातचीत होने लगी। उन्होंने बताया कि वे इत्र के व्यापारी हैं। उनका बहुत बड़ा कारखाना है। कई पीढ़ियों से उनके यहाँ यह व्यापार होता है। कहते-कहते उन्होंने एक गजरा हाथ से उतार कर कहा, "जरा इसकी खुशबू लीजिए। हमारे घर ही में बाग में उगाई चमेली है।"

मैंने गजरा हाथ में ले लिया। नाक तक ले ही गया था कि उसमें से बहुत विचित्र भीनी-भीनी सुगंध आने लगी। मुझे एकदम याद आया कि ये वैसी ही सुगंध है जैसी कई वर्ष पहले सिगरेट में से आई थी।

मेरा माथा ठनका। मैंने वहीं हाथ रोक दिया। सभी यात्री बोल उठे, "फिर आपने क्या किया? क्या पुलिस के हवाले किया?"

डॉक्टर बोले, "वहाँ पुलिस कहाँ रक्खी थी। फिर हम ही दो उस डब्बे में थे और वह मुझसे तगड़ा था। इसके अतिरिक्त उसके पास कोई हथियार भी हो सकता था। मैं बेचारा उसे लड़ कर कैसे जीतता?"

सभी बोले, "फिर आपने क्या किया?"

डॉक्टर बोले, "मैंने एक तरकीब से काम लिया।" मैं उससे बोला "क्यों यार यह आपस में ही चाल?"

वह बोला "क्या तुम भी?"

मैंने उसकी आँखों में आँखें डालकर विश्वास जमाने की मुद्रा में कहा "हाँ, हाँ, मैं भी।"

गाड़ी की गति तेज नहीं हुई थी। इतना सुनते ही वह चलती गाड़ी से उतर पड़ा। इसके बाद ऐसी कोई घटना मेरे साथ नहीं हुई।

दूसरे यात्री लाला धन्नुमल थे। इनका व्यापार दिल्ली-कलकत्ता में फैला हुआ था। इनके कई प्रकार के काम थे कपड़ा, सर्राफा, आढ़त, दलाली इत्यादि। दोनों नगरों में इनके भाई–भतीजे काम करते थे। लाला जी बोले, "मेरा काम ही ऐसा था कि आए दिन मुझे दिल्ली-कलकत्ता के बीच यात्रा करनी पड़ती थी।" उन्होंने अपना अनुभव सुनाना शुरू किया।

लालाजी बोले, "एक बार मैं सोने के पासे लेकर कलकत्ते से दिल्ली जा रहा था। मैं तृतीय श्रेणी में यात्रा कर रहा था। मेरी सीट के सामने की सीट पर दो व्यक्ति बैठे थे। रास्ते भर मेरी उनकी बातचीत नहीं हुई। मुगलसराय पर दोनों उतर गए किंतु गाड़ी चलने से पहले दो अन्य व्यक्ति उसी स्थान पर आ बैठे। कानुपर पर वह दोनों भी उतर गए और दो अन्य व्यक्ति आ बैठे। वे दोनों मेरे साथ दिल्ली में उतरे। कोई विशेष बातचीत उन दोनों से भी नहीं हुई।

अगले दिन सवेरे मैं दिल्ली के सर्राफे बाजार में अपने सोने के पासे लेकर पहुँचा। वही दोनों यात्री जो कानपुर से दिल्ली तक मेरे साथ आए थे, वहाँ मौजूद थे। मुझे देखते ही बोले, "लाला जी हम आपसे मात खा गए।"

मैंने कहा, "मैं समझा नहीं। क्या बात है।"

वे बोले, "कलकत्ते से हमारे गिरोह के दो आदमी पीछे हो लिए। मुगलसराय पर आपको दो अन्य व्यक्तियों ने खरीद लिया। कानपुर तक उनकी भी दाल नहीं गली। तब आपको हमने खरीदा। हमने कानपुर से दिल्ली तक आपका संदूक छान मारा। आपकी सभी जेबें और वस्त्र टटोल लिए पर हमें वह सोने के पासे दिखाई नहीं दिए। अब कृपा करके बताइए कि इन्हें आपसे कहाँ छिपा रक्खा था।"

मैंने कहा, "यह तो बाद में बताऊँगा। पहले यह बताओ कि मैंने तो रास्ते

भर झपकी भी नहीं ली फिर तुमने मेरा संदूक और मेरी जेबें किस समय टटोली।''

वे बोले, ''बीच में दो तीन बार आप शौचालय गए थे। संदूक खोल कर देखने में इतना समय पर्याप्त था। इसके अतिरिक्त हमारे पास एक ऐसी बुकनी है जिसको छोड़ देने से बहुत हल्की गैस छूटती है। जिसकी गंध नामालूम सी होती है किंतु दो चार मिनट के लिए बेहोश करने के लिए काफी होती है। शिकार को पता भी नहीं चलता कि वह बेहोश हो गया है। वह यही समझता है कि उसने सामान्य रूप से झपकी ली है।''

मैंने उन्हें अपना जूता खोलकर दिखाया कि इसमें एक झूठा तला लगाया गया है। इसी में मैंने सोने के पासे रक्खे थे। वे बोले, ''बस इसी तरह हमारा ध्यान नहीं गया।''

अब श्री अमृतलाल जी की बारी थी। आपकी अवस्था पचास के पास थी। यह काशी विश्वविद्यालय में अध्यापक का कार्य कर रहे थे।

वे बोले, ''मेरा अनुभव दूसरे प्रकार का है। एक बार जब मैं बस में यात्रा कर रहा था, मेरे बगल में मेरे ही गाँव का नामी उचक्का रमूआ बैठा था। वह मेरा काफी सम्मान करता था। उसने मुझे नमस्कार किया।

मैंने कहा, ''रमूआ। तुम्हारा बहुत नाम सुना है कि लोगों की आँखों में तुम धूल झोंकते हो। आज हमें भी अपना कोई करतब दिखाओ।

वह बोला, ''यह कौन सी बड़ी बात है।''

करीब एक घंटे बाद बस कहीं पर रुकी। मैंने मूँगफली खरीदी। पैसा देने के लिए अंदर की जेब टटोली। बटुआ नदारत था।

रमूआ बोला ''रेजगारी चाहिए। लीजिए मैं देता हूँ। यह कह कर उसने एक बटुआ थमा दिया। वह मेरा ही था।

मैंने कहा ''मानव हूँ तुम्हें किंतु यह तो मैंने कोट के अंदरूनी जेब में रक्खा था। तुमने निकाला कैसे?''

वह बोला, ''यह न पूछें तो अच्छा है।''

मैंने कहा, ''अब मैं विशेष सावधानी रक्खूँगा। इसे मिर्जई की जेब में रखूँगा। जो मैं सबसे नीचे पहनता हूँ।''

वह बोला, ''आप करतब तो देख चुके हैं। सामने की सीट खाली हो गई है कृपया उस पर बैठ जाएँ तो हम दोनों आराम से बैठें।''

मैं सामने की सीट पर बैठ गया। लगभग डेढ़ घंटे बाद मेरा उतरने का स्थान आ गया। मैं उतरने लगा तो उसने कहा, ''अपना बटूआ तो लेते जाइए।'' यह कहकर उसने फिर मेरा बटुआ मेरे हाथ में थमा दिया। मैं दंग रह गया। बस यहाँ कई मिनट रुकती थी। मैंने रमूआ से कहा, ''तुम्हारा दल तो बनारस के आस पास के इलाके में ही काम करता है। कुछ दिनों बाद मैं तुम्हारे दल को चुनौती

दूँगा। देखूँ तुम लोग कितने होशियार हो।

वह बोला, "आप से मैं शर्त बढ़ाना तो नहीं चाहता फिर भी जैसी आपकी इच्छा।"

कुछ दिनों बाद मैंने चार अशर्फियाँ लीं और उन्हें डोरे से बाँध दिया। अशर्फियाँ मिर्जई की जेब में रक्खीं और दूसरा सिरा कमीज के एक बटन से बाँध दिया। सबसे नीचे की अशर्फी को एक पर्चे में लपेट लिया जिस पर लिख दिया "चुनौती"। मैं घर से बाहर हमेशा के समान जाने लगा। घर लौटते ही अशर्फी निकाल कर देख लिया करता था। सब यथास्थान पर्चे सहित मिलती थी। मैंने सोचा इतनी सावधानी पर भला कोई क्या कारस्तानी कर पाएगा।

बात पुरानी पड़ती जा रही थी। कई सप्ताह बाद मैं कहीं से घर लौटा। डोरे को खोल कर अशर्फियाँ निकाली। चारों मौजूद थीं किन्तु सबसे नीचे वाली अशर्फी कुछ गंदी दिखाई दे रही थी। मुझे अचरज हुआ। जेब में फिर हाथ डाला। एक मुड़ा हुआ पर्चा मिला जिस पर लिखा हुआ था—

चुनौती स्वीकार है। आपकी अशर्फियाँ निकाल कर नीचे वाली गला कर देखी गई। अशर्फियाँ नकली हैं। इसलिए वापस की जा रही हैं।

अब केवल आशाराम जी रह गए थे। हम सबकी दृष्टि उन्हीं पर केंद्रित हो गई।

वह बोले, "मैं शाहजहाँपुर का सर्राफ हूँ। हमारे घर का यह पुराना पेशा है। मेरे पास यात्रा विषयक तो इस प्रकार का कोई अनुभव नहीं है किन्तु अपने व्यवसाय के संबंध में एक बार इतना बड़ा धोखा खाया जो जीवन भर याद रहेगा। कहिए तो वही सुना दूँ।"

हम सबने कहा, "सुनाइए, अवश्य सुनाइए।"

आशाराम जी ने आरंभ किया, "हमारी दुकान एक मुख्य मार्ग पर है। एक दिन हमारी दुकान के आगे आकर, एक डोली रुकी। डोली के साथ एक मुसलमान सज्जन थे। उन्होंने कहा "रसूलपुर की बेगम साहिबा कुछ गहने खरीदना चाहती हैं। मैंने कहा, "बड़े शौक से।"

"उक्त सजन जो कारिंदे से लग रहे थे दुकान से कुछ चूड़ियाँ, कंगन आदि ले गए और डोली के अंदर मुँह डाल कर बोले, 'देखिए बेगम साहिबा ये कंगन बाईस कैरेट सोने के हैं। यह आपके हाथों में ठीक बैठेंगे और ये चूड़ियाँ सकीना बेगम के हाथों में ठीक आ जाएँगी।' इसके बाद उत्तर में बेगम साहिबा ने क्या कहा वह मैं सुन नहीं पाया। कंगन तो वह व्यक्ति लौटा लाया और बोला यह छोटे पड़ रहे हैं। इससे बड़े दीजिए। वह कंगन बदल कर ले गया। इसी प्रकार कभी नेकलेस कभी अंगूठी, फिर गहने बदल कर ले जाता। इस सौदे में आधे घण्टे से अधिक लग गया होगा। सब मिला कर वह सात हज़ार के करीब गहने ले

गया। फिर डोली के अंदर मुँह करके बोला 'क्या आप पानी पिएँगी?'

"बेगम का उत्तर हम सुन नहीं पाए। उस आदमी ने हम से आकर पूछा 'बेगम साहिबा पानी पिएँगी। पास में कहीं नल होगा। मैंने कहा 'सामने की गली में है। उसने डोली के अंदर मुँह कर एक टोंटीदार लोटा निकाला और सामने की गली में चला गया। जब उसे गए करीब एक घंटा हो गया तब हमें शक हुआ। हमने डोली के पास पहुँच कर बेगम साहिबा को आवाज दी। कोई उत्तर नहीं मिला। तब साहस करके डोली का पर्दा खोला। उसे अंदर कोई नहीं था। केवल कुछ ईंटें रक्खी हुई थी। वह आदमी सब गहने लोटे में रखकर चलता बना था।

"पुलिस में रिपोर्ट की। डोली वाले कहार पकड़े गए परंतु उनके बयान से पता चला कि वे निर्दोष थे। उस आदमी के कहने पर उन्होंने डोली ले जाकर एक पुराने टूटे-फूटे मकान के अंदर रख दी थी। जब उस आदमी ने बुलाया तब वे गए और बंद डोली उठा कर चल दिए। उनके सामने कोई बेगम उसके अंदर नहीं बैठी थी।

डॉक्टर बोले, "उस मकान का तो पता चला होगा जहाँ वह डोली कहार ले गए थे।"

आशाराम जी बोले, "हाँ! उस मकान में पुलिस पहुँची। वह नगर से दूर एक टूटा हुआ खंडहर था। उसमें कोई रहता नहीं था।"

हम सबने पूछा, "फिर क्या कुछ पता चला? क्या माल वापस मिला?" आशाराम जी बोले, "गई चीज कभी वापस मिली है? क्या जाने उस आदमी ने पुलिस का मुँह भर दिया हो। हम मन मसोस कर रह गए।

अब सभी की दृष्टि युवती की तरफ केंद्रित हो गई।

आशाराम जी युवती से बोले "अब आप भी अपना कोई अनुभव अगर हुआ हो तो सुनाइए। वह बोली "वैसे तो मेरे कई अनुभव हैं, बड़े ही दिलचस्प तथा शिक्षाप्रद पर इस समय रात काफी हो गई है। सुबह मैं जरा तरोताज़ा होकर अपना एक दिलचस्प तथा मज़ेदार अनुभव सुनाऊँगी। मैं आप सबसे छोटी हूँ पर मेरे अनुभव से आप सब अवश्य लाभ उठाएँगे। यह कह कर उसने बड़ी अदा से अंगड़ाई ली फिर अपने संदूक को खोल कर एक कीमती कंबल निकाला। वह कंबल ओढ़ कर सो गई। धीरे-धीरे उसके हल्के खर्राटे की आवाज आने लग। सभी यात्रियों को धीरे-धीरे नींद ने आ घेरा। करीब घंटे भर बाद युवती ने कंबल से चेहरा निकाला फिर उसने धीरे से खंखारा। देखा सभी यात्री गहरी नींद में थे। उसने ब्लाउज़ के अंदर से एक दोटा ट्यूब निकाला जिससे हल्का धुँआ-सा निकलने लगा। मिनट भर बाद ही उसने ट्यूब को बंद कर दिया फिर वह हर एक के पास यह देखने को झुकी कि कोई होश में तो नहीं है। उसने फुर्ती से रूमाल नाक से हटा कर हर एक की घड़ी, पर्स आदि सामान ले लिए उसके संदूक में सिवाय कंबल के

कुछ नहीं था इस कारण सभी सामान उसमें आ गया। उसने कागज पर फुर्ती से लिखा—

आदरणीय मित्रो!

मैंने कहा था न, कि सुबह मैं अपना जो अनुभव आप सब को सुनाऊँगी वह दिलचस्प तथा शिक्षाप्रद होगा। मैंने रोकर जो झूठी कहानी आपको सुनाई थी, मेरी वह ऐक्टिंग आपको कैसे लगी। आप सभी गच्चा खा गए न? मेरा अनुभव यही है कि इस संसार में मूर्खों की कमी नहीं है। आप सब धोखा खा चुके थे फिर भी आपको सबक नहीं मिला पर मेरा यह सबक आप सबको जीवन पर्यन्त जरूर याद रहेगा।

मेरा आप पाँच कमअक्लों को नमस्कार।

एक शुभचिंतक।

एक अभिशप्त नारी

पुरुष निर्मित समाज ने अपनी सुख-सुविधा देखकर ही समाज की स्थापना की है। प्राचीन काल से नारी को कोई अधिकार न देने की जैसे उन्होंने कसम खा रखी थी। उन्होंने उसे केवल भोग्या समझ कर उनका स्थान निहित किया था। अपनी काम वासना की पूर्ति के लिए उन्होंने कोठों की स्थापना कराई। उपपत्नी जैसा घृणित स्थान भी उसे दिया गया। नारी ने जब-जब सिर उठाने का प्रयत्न किया उन्होंने उसे बुरी तरह कुचल कर अपने अहं की तुष्टि की और अब नारी इतना दब गई है कि अपने अस्तित्व को भूल गई है। पुरातन काल से राजा महाराजा तथा धनाढ्य लोग कई-कई उपपत्नियाँ रखते थे। इसको उनका शौक तथा शान समझा जाता था। आज तक यह घृणित रिवाज चल रहा है।

उपपत्नी यानी रखैल। यह यह शब्द सुनते ही लोग वितृष्णा से मुँह बिचका देते हैं पर क्या किसी ने सोचा है कि उपपत्नी बनने में नारी की कितनी मज़बूरी होती है। स्वेच्छा से कोई स्त्री रखैल नहीं बनती। न तो समाज में उसे कोई अधिकार मिलता है और न ही अदालत में। हर कोई उसे केवल भोगने की वस्तु समझता है। मौका मिलते ही लोग उसे अपनी जागीर समझ कर इस्तेमाल करते हैं और जब मन भर जाता है तो उसे निकाल बाहर करते हैं। उनकी फरियाद कौन सुनेगा जब उनको कोई अधिकार नहीं मिला है। उन पर जो बीतती है वह तो बीतती है पर उनकी औलाद की जिंदगी भी नर्क बन जाती है। वे नाजायज़ औलाद समझ कर घृणा के पात्र बन जाते हैं। पीढ़ी दर पीढ़ी यही रवैया चलता है। विधवा, परित्यक्ता, गरीब स्त्रियाँ ही इसका शिकार बनती हैं। ये असहाय स्त्रियाँ भी क्या करें पेट की आग बुझाने के लिए वह उपपत्नी तक बनना स्वीकार कर लेती हैं। उनकी जिंदगी तो किसी प्रकार से रो-पीट कर निकल जाती है पर उनकी औलाद को समाज हेय दृष्टि से देखता है। उनका करियर बिगड़ जाता है। सबसे पहले तो स्कूल में दाखिले के समय पिता का नाम पूछा जाता है। जब पता चलता है कि वह नाजायज औलाद है तब उसका दाखिला रूक जाता है। जिस बाप ने उसे जन्म दिया है वह बाप

उसे बेटा नहीं कहता क्योंकि समाज में नाक कट जाने का उसे डर रहता है। रखैल तथा वेश्या में थोड़ा फर्क होता है। एक स्त्री जो बिना विवाह के किसी पुरुष के संग रहती है वह उपपत्नी कहलाती है क्योंकि उसकी पत्नी जिसे वह सात फेरों से ब्याह करके लाया है समाज उसी को मान्यता देता है। दूसरी स्त्री जो वेश्या कही जाती है अनगिनत पुरुषों की अंकशायिनी बनती है।

आज मैं आपको 60 साल से ऊपर की सत्य घटना सुनाती हूँ। मैं स्कूल में शायद आठवीं क्लास में थी। मेरी दो पक्की सहेलियाँ थीं। एक का नाम सावित्री था तो दूसरी का नाम वीणा था। सावित्री साधारण रूप-रंग की थी। पर वीणा का सोने जैसा दमकता रंग, बड़ी-बड़ी तीखी पलकों से ढकी गहरी काली आँखें, घने काले केश और गुलाबी अधरों पर छलकती मोहक हँसी थी। विधाता इतना रूप देकर भी उसके नसीब को बदल नहीं पाया। वीणा की शक्ल तथा अच्छे कपड़े देखकर लगता था कि वह किसी ऊँचे घराने से संबंध रखती थी। हम शहर में रहते थे और वह स्कूल के पास रहती थी। पढ़ने में वह ठीक-ठाक थी। उस ज़माने में लड़के-लड़कियों के संबंध के बारे में हमें ज्ञात नहीं था। मैं तथा सावित्री दकियानूसी ख़ानदान से संबंध रखते थे पर वीणा जहाँ रहती थी वहाँ पढ़े लिखे लोग रहते थे।

पहली बार जब उसने हमसे कहा कि उसे एक लड़का बहुत पसंद करता है तो हम दोनों आश्चर्य से उसका मुँह ताकने लगे। लड़के से दोस्ती करने वाली हमारी सहेली है तो घर वाले हमारी दुर्दशा कर देंगे। घर वालों का सोचना था कि कोई चरित्रहीन लड़की ही ऐसा कर सकती है। इतनी छोटी उम्र में वह जिस अदा से लड़कों से बात करती थी तो हम दोनों मुँह बाए उसे देखते रहते थे। वीणा ने कभी अपने माता-पिता के बारे में कुछ नहीं बताया। जब हम अपने माता-पिता के बारे में बात करते तो वह चुप रहती थी। मैं सावित्री से कहती ''वीणा को डर नहीं लता कि उसकी इस हरकत से उसके माता-पिता उसकी दुर्दशा कर देंगे।''

दसवीं क्लास तक हम संग पढ़े। हम तीनों ही सेकेण्ड डिवीज़न में पास हो गए। मैंने इंटरमीडिएट में दाखिला ले लिया और सावित्री का विवाह हो गया। वीणा से हमारा संबंध करीब-करीब टूट गया। एक दिन वीणा मेरे घर आई और बोली ''शकुन! मुझे कुछ रुपयों की जरूरत है। तुम मेरी इस समय सहायता कर दो। मैं विपत्ति में हूँ।'' फिर कुछ महीनों तक उसका पता नहीं चला।

करीब पाँच महीनों बाद वह फिर मुझसे मिली और बोली ''मैंने लल्लन जी से मंदिर में विवाह कर लिया है।'' मुझे कुछ पता था कि लल्लन जी छटा हुआ बदमाश है वह कुछ कमाता भी नहीं है। मैंने कहा, ''वीणा! लल्लन जी कुछ कमाता नहीं है। तुम्हारा खर्चा कैसे चलेगा।''

मैंने उसे बहुत समझाया कि लल्लन जी किसी दिन पैसा न होने पर उसे अपने दोस्तों को सौंप कर उनसे पैसा लेता रहेगा। तुम अब भी चेत जाओ। माना

उसने चुपचाप मंदिर में तुमसे विवाह किया है पर वह मुकर भी तो सकता है। तुम उसके दोस्तों द्वारा इस्तेमाल करने के बाद किसी वेश्या के हाथों बेची भी जा सकती हो। मेरी राय में तुम दसवीं तक पढ़ी हो, बच्चों के किसी स्कूल में नौकरी करके अपने पैरों पर खड़ी रह सकती हो।

वीणा बोली 'मुझे कौन नौकरी देगा। मेरे पास पिता का नाम नहीं है। मेरी माँ मेरे पिता की उपपत्नी यानी रखैल है। आज पहली बार हमें पता चला कि उसकी माँ किसी अमीर की रखैल है। रखैल की बेटी को क्या वह अमीर अपना नाम देगा? वह उसकी बेटी है यह तो वह मानता है। पर समाज़ के डर से वह उसे अपना नाम नहीं देगा।

वीणा बोली, "मैं रखैल की बेटी हूँ यह जानकर कौन मुझसे विवाह करता। मैंने लाचार होकर लल्लन जी से विवाह किया है ताकि समाज में मस्तक उठा कर मैं कह सकूँ कि मैं उसकी ब्याहता हूँ। जो स्थिति मेरी है वह मेरी औलाद की तो नहीं होगी। उसे बाप का नाम तो नसीब होगा। रखैल का जीवन तो एक वेश्या जैसा है।

मैंने कहा "तुम्हारे माता-पिता तुम्हारी सहायता नहीं करते?"

"मेरे पिता समाज से डरते हैं और और मेरी माँ की हैसियत क्या है जो वह कुछ बोले।" फिर उसकी आँखों से आँसू बहने लगे। वह बोली, "मैं हँसती हूँ पर कोई मेरे हृदय में झाँक कर देखे तो पाएगा कि दुख स्वयं ही मेरे हृदय में बैठा हुआ है। मेरे पिता के बच्चे हैं, सुशिक्षित पत्नी है, वह जब भी चाहेंगे मुझे और मेरी माता को निकाल बाहर कर सकते हैं। न तो हम किसी से फरियाद कर सकते हैं न ही अदालत में जाकर अपना अधिकार माँग सकते हैं। हमारी जैसी स्त्रियों का जीवन न कभी सुरक्षित रहा है और न आगे होने वाला है।

मैंने सोचा इसे समझाना मुश्किल है। यह ऐश का जीवन जी रही है। अब काम करना इसे अच्छा नहीं लगेगा। मैंने उसके हाल पर उसे छोड़ दिया।

बी.ए. करने के बाद मेरा विवाह हो गया। मेरे पति विश्वविद्यालय में लेक्चरार थे। तनख्वाह थोड़ी थी पर हम बहुत सुखी थे। मेरे पति दयालु सीधे तथा सरल स्वभाव के थे।

एक दिन जब मेरे पति विश्वविद्यालय चले गए तब वर्षों बाद वीणा मेरे घर पहुँच गई। मैंने पूछा मेरा पता कहाँ से मिला। उसने हँसते हुए कहा मैंने तुम्हारे मायके जाकर तुम्हारा पता लिया तभी आ पाई हूँ।

वीणा वर्षों बाद आई थी। मुझे बड़ी खुशी हो रही थी। हमने संग-संग खाना खाया फिर बिस्तर पर लेट कर मैंने पूछा, "वीणा इतने दिनों से तुम मिली नहीं, कहाँ रही? लल्लन जी कैसे हैं?"

वीणा की आँखों में आँसू भर आए। रूँधे गले से वह बोली, "लल्लन जी

ने मुझे धोखा दिया। एक रात वह अपने दोस्त के संग आकर बोले, ''आज मेरे दोस्त की रात रंगीन कर दो। मैं अवाक उसका चेहरा देखने लगी। मुझे आश्चर्य हुआ कि ऐसी गंदी बात उसने अपने मुँह से निकाली कैसे। ''मुझे चुप देख वह बोला 'बहुत खिला चुका तुमको, अब तुमको कमाना होगा। मैंने चीख कर कहा 'मैं तुम्हारी पत्नी हूँ। मंदिर में भगवान को साक्षी मानकर हमने विवाह किया है।''

वह हँसता हुआ बोला, ''कैसा विवाह? क्या सबूत है कि मैंने तुमसे विवाह किया है। तुम मेरी रखैल हो यही सब जानते हैं। तुम्हें मेरे संग रहना हो तो वही करना होगा जो मैं चाहूँगा।'' कोई सहारा न देख मैंने हथियार डाल दिए। अब लल्लन जी शेर हो गए। वह नए-नए आदमी लाता और उनसे पहले ही पैसा वसूल कर लेता। मुझे नाममात्र को पैसे देता। ऐसी घृणित जिंदगी जीते-जीते मैं थक चुकी थी। एक रात मैंने घर छोड़ दिया। लल्लन जी के एक मित्र से मैंने सहायता माँगी। उसने मुझे दो चार दिन रखा फिर कहा 'देखिए! आपको रखने में मेरी बदनामी होगी। आप काफी बदनाम हो चुकी हैं। आप कहीं और जाकर रहिए। अब तुम ही बताओ मैं कहाँ जाऊँ। जहाँ जाती हूँ वहीं सभी मेरा शरीर माँगते हैं। इसलिए मैं तुमसे सहायता माँगने आई हूँ।

मैंने कुछ देर सोचा फिर कहा ''वीणा! मेरी सास और जेठानी रहने आ रही हैं। अगर वह न आतीं तो मैं तुमको कुछ दिन रख कर कोई इंतजाम करती। वे लोग तुम्हारा रहना पसंद नहीं करेंगी।''

वीणा बोली, ''मुझे कुछ रुपयों से सहायता कर दो। मैं दिल्ली में अपनी सहेली के घर रह लूँगी।''

मैंने उसे पचास रुपए तथा चार साड़ियाँ दीं। यद्यपि यह रकम मेरे लिए देना थोड़ा मुश्किल हुआ पर मैं अपनी सहेली की सच्चे दिल से सहायता करना चाहती थी। मैंने कहा, ''वीणा! रूक जाओ मैं रिक्शा बुलवाती हूँ।''

वीणा बोली, ''रिक्शा बुलाने की जरूरत नहीं है। मैंने रिक्शा रोक रखी है। हाँ! मुझे अपनी दिल्ली वाली बहन का पता दे दो। मैं जा रही हूँ उससे भी मिल लूँगी।'' मुझे अपने ऊपर गुस्सा आया कि मैंने ऐसी स्त्री पर दया दिखा कर सहायता की है, जिसे पैसे की कीमत नहीं मालूम। रिक्शा रोकने का मतलब था बीस-पच्चीस रुपए का फलतू खर्च। मैंने पचास रुपए जो उस ज़माने में बहुत होते थे देकर इसकी सहायता की है और यह उसे इस प्रकार उड़ा रही है। मुझे अपने ऊपर गुस्सा आया कि मैंने अपना बजट खराब करके इसे सहायता क्यों दी। खैर पैसे तो मैं दे चुकी हूँ पर बहन का पता देकर क्या मैं गलती नहीं कर रही हूँ, मैंने बहाना बनाया कि पता मुझसे खो गया है।

वीणा बोली ''मैं बैठी हूँ। तुम पता खोज लो, वैसे भी मुझे जल्दी नहीं है।'' हार कर मुझे अपनी छोटी बहन का पता देना पड़ा।

वीणा चली गई। मेरे हृदय में जो उसके प्रति सहानुभूति थी वह खत्म हो गई। इतनी ठोकरें खाने के बाद भी उसे पैसे की कद्र नहीं आई। फिर मैंने सोचा उसका भी क्या दोष। इतने दिनों तक ऐयाशी जीवन जीने के बाद वह पैसे की कीमत कैसे जान सकती है।

दो हफ्ते बाद ही मेरी बहन का पत्र आया। उसने लिखा कि वीणा यहाँ मेरे यहाँ ठहर गई है। वह जाने का नाम नहीं ले रही है। मैं उसे रुकने को कह भी देती पर दीदी वह तो मेरे पति पर ही डोरे डालने लगी है। मेरे पति मेरे ऊपर गुस्सा हो रहे है। कि ऐसी बदचलन औरत को अभी निकाल बाहर करो। बड़ी मुश्किल से मैंने उससे पीछा छुड़ाया है। कृपा करके ऐसी सहेली को मत भेजना जो मेरा घर उजाड़ने चली हैं मैंने उससे फोन पर कहा कि मैं उसे नहीं भेज रही थी पर वह अड़ कर बैठ गई कि तुम्हारा पता लेकर ही जाएगी। हार कर मुझे पता देना पड़ा।

आठ साल के बाद मैं अपने मामा के लड़के की शादी में लखनऊ पहुँची। एक शाम जब मैं हजरतगंज में सामान खरीद रही थी तो वीणा से मिलती-जुलती शक्ल की स्त्री दिखाई दी। पास जाने पर देखा तो वह वीणा ही थी। उसकी शक्ल देख मैं आश्चर्य में पड़ गई। क्या यह वही वीणा है जिसकी सुंदरता देख हमें जलन होती थी कि भगवान ने हमें इतनी सुंदरता क्यों नहीं दी। दस साल पहले उसका क्या रूप था। जो पहली बार देखता मुग्ध हो ताकता रह जाता था। उसकी क्षीण काया, चेहरे पर अजीब किस्म के काले-काले दाग, गढ़े में धँसी आँखें उसकी दयनीय दशा का वर्णन कर रहे थे। उसकी गोद में एक बच्ची थी। थोड़ी देर मैं अपलक नेत्रों से निहारती रही फिर मैंने पूछा, ''तुम वीणा हो न?''

उसने सहमति में सिर हिलाया।

मैंने पूछा, ''तुम्हारी यह दशा केसे हो गई?''

उसने रूँधे गले से कहा, ''मैं एक रखैल की बेटी थी न? कौन मेरा हाथ पकड़ता। मैं एक ऐसी स्त्री की बेटी थी जिसके पति ने उसे पापिन करार कर घर से निकाल दिया था। मेरी माँ अत्यन्त सुन्दर थी पर वह पढ़ी-लिखी नहीं थी। मेरे पिता काफी रईस तथा दिलफेंक चरित्र के थे। पत्नी पर झूठा लाँछन लगाकर वह दूसरी पत्नी लाना चाहते थे। इसलिए बहाना बना कर उन्होंने मेरी माँ को निकाल दिया था। ऐसी स्थिति में मेरे पिता के एक मित्र ने कहा कि वह माँ की सहायता कर सकते हैं पर उससे विवाह नहीं कर सकते क्योंकि उनके पत्नी तथा बच्चे हैं। वह उसे दूसरी औरत यानी रखैल बना कर रख सकते हैं। कोई उपाय न देख मेरी माँ को उनकी बात माननी पड़ी। अब माँ के माथे पर रखैल का काला टीका लग चुका था। मेरे दूसरे पिता ने मेरी माँ को कभी पैसे की कमी नहीं होने दी। तुम्हें याद होगा कि हम अच्छे-अच्छे पहनते थे। मेरे दूसरे पिता ने

दौड़-धूप करके मेरा स्कूल में दाखिला भी करा दिया था। जब मैं दसवीं कक्षा में थी तो मेरे दूसरे पिता की मौत हो गई। माँ फिर से आश्रयहीन हो गई। माँ के पास पैसा भी नहीं था और न कोई साधन कि वह पति का पैसा पा सकती। जैसा कि होता आया है न तो समाज और न ही अदालत उनकी सहायता करता। मेरी माँ रखैल थी, न कि पत्नी। सात फेरों से बँधी नारी को ही समाज और अदालत पति की सम्पत्ति का हक़दार समझते हैं। इस कारण उनकी पूरी सम्पत्ति उनके बच्चों तथा पत्नी को मिली। हम दोनों सड़क पर आ गए। माँ ने एक घर में काम करना शुरू किया। चूँकि माँ ने पहले काम नहीं किया था इस कारण बीमार पड़ गई और एक दिन दुःख झेलते-झेलते उनकी मृत्यु हो गई। मालकिन ने मुझे निकाल दिया क्योंकि उनको डर था कि मालिक मुझ पर रीझ न जाए। इसी बीच मेरी भेंट लल्लन जी से हुई। उनकी बातों में आकर मैंने सर्वस्व उनको सौंप दिया। कुछ दिन तो ठीक से बीते फिर उनका असली रूप सामने आया। वे दलाल बनकर मेरा सौदा करने लगे। कोई चारा न देख मुझे उनकी बात माननी पड़ी। करीब दो साल तक मैं यह घृणित कार्य करती रही पर इस पर एक दिन लल्लन जी ने मुझे घर से निकाल दिया क्योंकि उनको एक दूसरी लड़की मिल गई थी। बहन! लोगों की रात अंधेरी होती है पर मेरा तो दिन भी अंधेरा है। जीवन के जिस मोड़ पर खड़ी हूँ वहाँ दूर-दूर तक आशा की किरण नही दिखाई देती। नारी का जीवन भी क्या जीवन है। जीवन से मरण तक वह अपने ऊपर हुए अत्याचारों को झेलती और गीली लकड़ी-सी जीवन भर सुलगती-सुलगती मर जाती। समाज तथा पुरुषों के बनाए संसार में वह अकेली पड़ गई है। उसे इतना दबाया गया है कि वह अपना अस्तित्व ही भूल गई है। उसके अधिकारों का हनन किया गया है। उसने जब-जब सिर उठाने की कोशिश की है तो उसे समाज ने ऐसी चोट पहुँचाई कि अपने ऊपर हो रहे अत्याचारों के प्रति उसका मन पके फोड़े-सा टीस मारता रहता है। अंदर की पीड़ा को अंतःस्थल में समाहित करने की वह आदी हो चुकी है। किसने जानी है नारी मन की अंतर्वेदना।'' यह कहते कहते उसकी आँखों से झरझर आँसू बहने लगे।

मैंने पूछा, ''अब तुम कहाँ रहती हो?''

उसने रूँधे गले से कहा, ''एक शराबी कोयले की दुकान करने वाले की रखैल बन कर। चूँकि इस बच्ची को पालना है वरना मैं कब की आत्महत्या कर लेती। इसके पहले भी दो बच्चियाँ मर चुकी हैं। संतान का प्यार मुझे मरने से रोक रहा है। जितने दिन जिंदा हूँ इसे पाल लूँगी। आगे इस पर क्या गुजरेगी यह तो साफ दिख रहा है। मार खा खाकर यह बड़ी होगी फिर इसकी वही गति होगी जो एक रखैल की होती है। इस कोयले वाले ने मुझे गंदी बीमारियाँ दे रखी हैं। शायद ज्यादा दिन चल नहीं पाऊँगी।

वीणा की दशा देख मेरा हृदय उसके प्रति सहानुभूति से भर उठा पर मैं कर ही क्या सकती थी। मैंने सौ रुपए का नोट निकाल कर उसे दिया और कहा, "वीणा! धैर्य रख, गम की अंधेरी रात के बाद सुबह का सूर्य भी आएगा। भगवान के घर में देर है अंधेर नहीं। तुम्हारे भी अच्छे दिन आएंगे। उसको ढाढ़स देने के लिए मैंने यह शब्द कह तो दिए थे पर मैं जानती थी कि जीवन भर यह गीली लकड़ी-सी सुलगी है अब चिता में ही इसे शांति मिलेगी।

वीणा की आँखों से झरझर आँसू बहने लगे। वह हँसी। एक ऐसी करुण हँसी जिसे देख मेरा हृदय करुणा से भर उठा। वह बोली "झूठी आशा में जीना मैंने छोड़ दिया है। इस छोटी सी उम्र में मैंने इतना भोगा है कि आशा ने मेरा दामन छोड़ दिया है। बस इस लड़की की चिंता है बाकी चिंताओं से मैं मुक्त हो चुकी हूँ। मैंने अपनी नियति पढ़ ली है। जितने दुःख मैं झेल चुकी हूँ उससे ज्यादा दुःख हो ही नहीं सकते। मेरे दुःखों को देख दुःख ने भी हार मान ली होगी।" यह कहते-कहते उसकी आँखों से आँसुओं की बरसात होने लगी।

नियति की कठोरता देख मेरा हृदय दहल उठा। मैंने भरी आँखों से उसकी बेटी को देखा जो उसी के समान सुंदर थी।

वीणा बोली, "क्या देख रही हो? इसका भविष्य? वह तो निर्धारित हो चुका है। यह भी किसी की रखैल बन कर जिल्लत की जिंदगी जिएगी। और इसकी संतान भी। यह परंपरा चलती रहेगी। न तो कोई इसकी माँग भरेगा और न ही इसे मंगलसूत्र नसीब होगा। न तो इनके घर बरात आएगी न बाजे बजेंगे। कोई मंगल गीत भी नहीं गाएगा। बस एक कमरे से निकल कर दूसरे कमरे में चली जाएगी। इनको रखैल बनाने वाला समाज की आँखों में धूल झोंक कर ऐसे ले जाएगा जैसे चोर चोरी करके सतर्कता से देखता हुआ जाता है। रखैल जीवन की यही कहानी है। वीणा ने सौ रुपए जो मैंने उसे दिए थे उसके छुट्टे माँगे। मैंने प्रश्न वाचक दृष्टि से उसकी तरफ देखा। वह बोली उस शराबी को थोड़े रुपए देकर मैं यह कहूँगी कि मेरी सहेली ने दिए हैं वरना वह मुझे पीट कर पूरे रुपए छीन लेगा। बाकी रुपयों से मैं बच्ची के लिए दूध वगैरह का इंतजाम करूँगी। अब देर हो रही है। वह मुझे मारेगा पर शायद रुपए पाकर शांत हो जाए। उसने कृतज्ञता से मेरी ओर देखा फिर प्यार से मेरा हाथ दबा कर वह अपने नर्क की ओर चल पड़ी।

मैंने एक बार अश्रुपूर्ण नेत्रों से उसे निहारा फिर मैं घर आ गई। करीब दो साल बाद जब

एक शाम मैं हजरतगंज से लौट रही थी तो एक जगह भीड़ देख मैं रुक गई। जनवरी का महीना था। कड़ाके की सर्दी पड़ रही थी। मैंने एक आदमी से पूछा "यह भीड़ क्यों इकट्ठी हो गई है। उसने कहा 'एक स्त्री की लाश पड़ी है। मैंने

पास जाकर देखा। इतनी सर्दी में एक साड़ी पहने वीणा का शव पड़ा था। लगता था कोयले वाले ने इतनी सर्दी में उसे घर से निकाल दिया होगा। सर्दी के कारण हो सकता हो इसकी मृत्यु हो गई हो। वीणा का अभिशप्त जीवन देख मेरी आँखें भर आईं। लड़की कहीं दिखाई नहीं दी। लड़की का भविष्य मेरे सामने मुँह बाए खड़ा था। या तो वह किसी वेश्या के हाथों बेची जाएगी या उसे किसी की रखैल बनाने की तैयारी की जाएगी। वीणा के जीवन की खुली किताब मेरे सामने थी। समाज या अदालत ऐसी स्त्रियों को कुछ अधिकार क्यों नहीं देता? न जाने कितनी स्त्रियाँ इस प्रकार दम तोड़ चुकी होंगी। इस पुरुष निर्मित समाज में पुरुषों ने इतना कुछ पा लिया है कि देना उनके लिए नगण्य हो गया है। नारी से उसने हमेशा पाना चाहा है। उनके विचार से नारी केवल भोगने के लिए है। एक आह के साथ ही मेरे मुँह से निकला—

> नारी जीवन तेरी यही व्यथा कथा है,
> गीली लकड़ी-सी पल-पल सुलगा करती तू,
> अपने अरमानों की चिता जला कर।

मूक प्रेम

दिल्ली महानगरी में रात्रि के करीब बारह बजे, बादलों की गड़गड़ाहट के साथ हल्की बूँदा-बाँदी हो रही थी। बीच-बीच में बिजली भी चमक जाती थी। ऐसे वातावरण में सड़कों की रोशनी भी धुँधली पड़ गई थी। चारों तरफ सन्नाटा छाया था। बीच-बीच में कुत्तों के भौंकने के स्वर सुनाई दे देते थे। ऐसी निस्तब्धता को चीरती हुई एक नारी की करुण चीख सुनाई पड़ी। इस महानगरी में जब दिन-दहाड़े लड़कियों का अपहरण कर लिया जाता है तो रात्रि में किसे फुर्सत पड़ी थी कि जनवरी महीने में रजाई में लिपटे बाहर निकल कर सहायता करते। पर कभी-कभी भगवान रक्षक को भेज देते हैं ताकि भक्षक से बचा जा सके। ऐसे में अंधेरे में एक अजनबी भागता हुआ निकला जिधर से नारी की चीत्कार सुनाई पड़ी थी। वह उस स्थान पर पहुँच गया जहाँ आतताई एक लड़की के करीब पहुँच कर उसे पकड़ने वाले थे। अजनबी ज़ोर से चीखा ''रूक जाओ! यकायक बिजली चमकी। उसकी रोशनी में उस अजनबी की शक्ल देख भय से लड़की बेहोश होकर गिर पड़ी। वे दोनों आतताई थोड़ी देर अपलक उस छह फुट से ऊँचे बलवान आदमी को देखते रहे फिर चीखते हुए भाग खड़े हुए। उस अजनबी का बड़ी भयंकर शक्ल थी।

अजनबी ने बड़ी कोमलता से लड़की को उठाया और कुछ दूर जाने पर एक झोपड़ी, जो शायद उसके रहने का स्थान था लेकर पहुँच गया। लड़की के कपड़े थोड़े भीग गए थे। उसने झोपड़ी में रखी अंगीठी जलाई, उस पर चाय का पानी रखा। थोड़ी देर में झोपड़ी में गर्मी भर गई तब उसने हल्के पानी के छींटे देकर लड़की को जगाने की कोशिश की। थोड़ी गर्मी पाकर लड़की की बेहोशी टूटी। उसने कराहते हुए पूछा, ''मैं कहाँ हूँ।''

अजनबी ने कहा, ''घबराइए मत, आप सुरक्षित हैं। वह बदमाश भाग गए हैं आपसे एक विनती है। मैं अपने चेहरे पर कपड़ा रख लेता हूँ। मेरे भयंकर चेहरे को देखकर आप बेहोश हो गई थीं। आप उठकर अंगीठी के पास बैठकर अपने कपड़े सुखाते हुए चाय पी लीजिए। सुबह होते ही आप जहाँ कहेंगी मैं आपको पहुँचा

दूँगा। विश्वास कीजिए अब मैं आप पर कोई खतरा आने नहीं दूँगा। मेरी भयंकर शक्ल जो आप देख चुकी हैं पहले ऐसी नहीं थी। मैं भी सुदर्शन व्यक्तित्व का स्वामी था पर भाग्य का खेल ही कहा जाएगा कि बहन की इज्जत बचाने में उन बदमाशों ने कोई तेज एसिड मेरे चेहरे पर फेंक दिया था। चश्मा पहने था इस कारण आँखें बच गई वरना अंधा हो जाता।

लड़की बोली, ''आप चेहरे पर से कपड़ा हटा लीजिए। अब मुझे आपसे कोई डर नहीं है। मेरी कहानी आपसे कम दर्दनाक नहीं है। मेरे पिता करोड़पति थे। मैं उनकी इकलौती संतान थी। बड़े प्यार से उन्होंने मेरा नाम चाँदनी रखा था। कितने सुखदाई वह दिन थे जब मैं अपनी महल जैसी कोठी में तितली के समान उड़ती रहती थी। एक दिन मेरे माता-पिता को किसी पार्टी में जाना था। वे मुझे भी साथ ले जाना चाहते थे पर मैंने मना कर दिया क्योंकि मुझे पता था कि वहाँ सब बड़ी उम्र के लोग आएँगे। मेरी उम्र की शायद ही लड़किया आएँ। पापा-मम्मी के चले जाने के बाद मैं टी. वी. के प्रोग्राम देखने लगी। करीब घंटे भर बाद मेरे चाचा रोते हुए आए और बोले, ''भाई साहब तथा भाभी जी का गाड़ी का ब्रेक फेल हो जाने के कारण मत्यु हो गई। मुझे आश्चर्य हुआ क्योंकि मेरे पापा जाने से पहले हमेशा गाड़ी की ब्रेक चेक करवा लेते थे। भला ब्रेक कैसे फेल हो सकता था। मैं खूब रोई पर मेरे रोने से क्या हो सकता था।

चाचा बोले, ''बेटी चाँदनी! हम तो हैं। तुम्हें तुम्हारे मम्मी पापा जितना ही प्यार देंगे।''

एक रात जब मैं बाथरूम जाने को उठी तो चाचा जी के कमरे से सीधे स्वर में खुसुर-फुसुर सुनाई पड़ी। मैं चुपके से दरवाजे तक गई। मैंने सुना कि चाचा जी चाची जी से कह रहे थे, ''हमारा भाग्य ही खोटा है। मैंने तो तीनों को मारने का प्लान बनाया था पर ऐन वक्त पर चाँदनी नहीं गई। अब तो भाई साहब की समस्त जायदाद की वही मालिक होगी।''

चाची बोली, ''अरे! जैसे उनका सफाया कर दिया है वैसा ही चाँदनी का कर दो।''

चाचा बोले, ''अब गाड़ी का ब्रेक फेल होने से लोगों को संदेह हो सकता है। उसका मारने का दूसरा ही तरीका सोचना पड़ेगा।''

चाची बोली, ''मेरे दिमाग में एक बात आई है क्यों न हम चाँदनी का अपहरण करा कर उसे मरवा डालें। इस प्रकार हमारे ऊपर कोई आँच भी नहीं आ पाएगी।''

चाचा बोले ''तरकीब तो तुमने बहुत अच्छी सोची है। मैं कल ही यह काम करने का प्रयत्न करूँगा।''

डर के मारे मेरे पैर काँपने लगे। मैं दबे पाँव अपने कमरे में लौट आई। मैंने सोचा कल मैं किसी प्रकार घर से भाग कर अपनी जान बचा लूँगी पर पूरे दिन

चाचा-चाची ने मुझे अपनी नज़रों से ओट नहीं किया। रात को सोने के समय ही उन्होंने मुझे छोड़ा। अमावस की रात थी। चारों तरफ घोर अंधेरा था पर मैं डरी नहीं। मुझे तो अपनी जान बचानी थी। दरवाजा देखा तो बाहर से बंद था। अब मैं परेशान हो गई। यकायक मेरे दिमाग में एक विचार आया। मैंने फुर्ती से दो चादरों को एक-दूसरे से बाँधा फिर खिड़की पर चादरों को बाँध कर मैं नीचे उतर गई। मैं तेज कदमों से चलने लगी। अभी मैं थोड़ी दूर ही गई थी कि पीछे से मुझे पकड़ने चाचा के गुंडे दौड़ पड़े। शायद चाचा को मेरे भागने का पता चल चुका था। अंधेरी रात, ऊपर से बादलों की गड़गड़ाहट। मैं बहुत घबराई गई थी। मैंने अंधेरे में भी भागना शुरू कर दिया। मैं कहाँ जा रही हूँ मुझे होश नहीं था। बस अपनी जान बचाने की फिक्र थी। जब मैं थक गई और गुंडे मेरे करीब पहुँच गए तभी आपने मेरी रक्षा की। चाँदनी ने कृतज्ञता से अजनबी की तरफ देखते हुए कहा, ‘‘मैं जीवन भर आपका यह अहसान नहीं भूलूँगी। क्या मैं अपने जीवनदाता का नमा जान सकती हूँ?’’

अजनबी ने कहा, ‘‘मेरा नाम रमेश है। दो साल पहले मेरे माता-पिता की मृत्यु हो चुकी है। मेरे एक प्यारी-सी बहन थी। मेरी बहन बहुत ही सुन्दर थी। माता-पिता के मरते ही गली के गुंडे टाइप लड़कों ने मेरी बहन को उड़ाने की कोशिश की। एक रात मेरी बहन को पकड़ कर जैसे ही वह जाने वाले थे मैंने डट कर उनका मुकाबला किया। जब उन्होंने देखा कि वह कमज़ोर पड़ते जा रहे हैं तब एक लड़का दौड़कर तेजाब से भरी बोतल लेकर आया और मेरे चेहरे पर तेजाब फेंक दिया। असहनीय दर्द से चिल्ला कर मैं गिर पड़ा और वे बदमाश मेरी बहन को उठा कर ले गए। गुंडों के डर से किसी पड़ोसी ने हमारी सहायता नहीं की। दूसरे दिन मेरी बहन का शव मिला। उसके संग बुरी तरह से बलात्कार किया गया था। पूरे शरीर में जख्म भरे थे। अपने चेहरे की तकलीफ से मैं कई महीने बीमार रहा। मैं जानता था कि थाने पर रिपोर्ट लिखवाने से कोई लाभ नहीं होगा। वे सब रईस के बेटे हैं। पैसों से इंस्पेक्टर का मुँह बंद कर दिया जाएगा। मेरी शक्ल इतनी भयंकर हो गई थी कि पहली बार शीशे में अपना चेहरा देख मैं डर के मारे चीख पड़ा। बाहर निकलने पर बच्चे भूत-भूत कह कर चिल्लाते हुए भाग खड़े होते तथा वयस्क तथा वृद्ध आँखें मूँद लेते। मैं रात को ही घर से निकल कर आवश्यक सामान ऐसे दुकानदार से खरीदता जो मेरे बारे में सब कुछ जानकर सहानुभूति रखता था। धीरे-धीरे मेरे पैसे खत्म हो रहे थे। मैं एम. ए. पास था पर जो नौकरी मैं करता था वह मेरी भयंकर शक्ल के कारण छूट गई थी। हार कर मैंने घर छोड़ दिया और इस निर्जन स्थान पर झोपड़ी बनाकर रहने लगा। मैंने सोचा मेरी बहन की इज्जत लुट चुकी है। वह इस संसार में नहीं है। क्यों न मैं दुराचारियों से अपनी सभी बहनों की रक्षा करूँ जिनको इसकी जरूरत है। इस कार्य के लिए

मेरा बलवान होना ज़रूरी था। मैंने कसरत करके अपने शरीर को खूब मज़बूत बनाया। मेरा ध्येय जान कर एक दयालु सज्जन ने मुझे जूडो कराटे की शिक्षा दी। मकान चूँकि मेरा निजी था इस कारण उसे बेचने पर मेरा कुछ दिन गुज़ारा हो गया। यहाँ पहुँच कर मैंने कई लड़कियों की इज्ज़त बचाई और यहाँ रहने वालों से कहा, ''आपकी बेटियाँ मेरी बहनें हैं। मैं किसी भी हालत में जान रहते उनकी इज्ज़त पर आँच नहीं आने दूँगा। तब से बस्ती वाले मेरी सहायता करने लगे। खास करके स्त्रियाँ। मुझे खाने पीने की तकलीफ नहीं रही। किसी न किसी के घर से खाना आ जाता है। मैं दिन में सो लेता हूँ पर पूरी रात मुस्तैदी से बस्ती की रखवाली करता हूँ। शुरू में मेरा मन उन बदमाश लड़कों को सज़ा देने का था फिर बदले की भावना मेरे मन से हटने लगी। मैंने सोचा बदले का तो कोई अंत नहीं है। जितना समय बदला लेने में लगाऊँगा उतने समय में मैं सत्कर्म क्यों न करूँ। तब से मैं इसी कार्य में लगा हुआ हूँ।''

चाँदनी बोली, ''रमेश जी! अब इस संसार में मेरा कोई मित्र नहीं है। चाचा-चाची ने अगर मुझे देख लिया तो फौरन मुझे मरवा देंगे। मुझे छुप कर ही रहना होगा। आपने मुझे जीवनदान दिया है अब एक कृपा और कर दें तो मेरी जान बच सकती है।

रमेश हँसकर बोला, ''चाँदनी जी! आपको मेरी ताकत का अनुमान नहीं है। आप बस ठीक जगह का नक्शा बना दीजिए बाकी मैं देख लूँगा।

चाँदनी ने घर तथा स्थान का नक्शा बनाकर दे दिया। दूसरे दिन रात को चाँदनी को झोपड़ी में छोड़ उससे दरवाजा बंद करके सोने की हिदायत देकर रमेश अपने गन्तव्य स्थान पर चलने के लिए तैयार होने लगा। उसने काले कपड़े पहने। चेहरे पर सिंदूर लीप लिया। उसकी शक्ल बड़ी ही डरावनी लग रही थी। अचानक ऐसी भयानक शक्ल देख साहसी से साहसी आदमी के हाथ-पाँव फूल सकते थे। कमज़ोर दिल वाला तो बेहोश हो जाता।

चाँदनी बोली, ''रमेश जी! ऐसी स्थिति न पैदा हो जाए कि मेरे चाचा-चाची सतर्क हो जाएँ।''

रमेश बोला, ''चाँदनी जी! घबराइए मत मैं ऐसी स्थिति आने नहीं दूँगा।''

चलते समय चाँदनी बोली, ''रमेश जी! भगवान आपको सफलता दे यही प्रार्थना है।''

जाड़े के दिन थे। लोग रजाइयों में दुबके पड़े सो रहे थे। ऐसे में रमेश को घर के अंदर घुसने में कोई परेशानी नहीं हुई। उसने टार्च जलाई फिर कई कमरों के बाद उसे चाँदनी का कमरा मिल गया। भाग्य से अलमारी खुली थी। चेकबुक तथा एक पर्स जो वहीं रखा था उसे उठा कर वह दबे पाँव बाहर निकल आया। झोपड़ी में पहुँच उसने चेक बुक तथा पर्स चाँदनी को पकड़ा कर कहा, ''यह पर्स

आपकी अलमारी में रखा देख मैं इसे भी ले आया हूँ। शायद जल्दी ही आपको रुपयों की जरूरत पड़े।''

चाँदनी ने कृतज्ञता से रमेश की तरफ देखते हुए कहा, ''रमेश जी! सचमुच में मुझे रुपयों की बहुत जरूरत पड़ने वाली है। सबसे पहले आप अपने लिए अच्छा सूट, एक हैट तथा काला चश्मा खरीद लीजिए और मेरे लिए एक बुरका। इसके अलावा बम्बई जाने के लिए दो हवाई जहाज के टिकट लेते आइएगा। मेरा नाम चाँद रहेगा और आपका रमेश। जरूरत पड़ी तो मेरे पर्स में मेरी फोटो है। बम्बई पहुँच कर हम पहले किसी होटल में ठहरेंगे। मैं पाँच लाख का चेक काट कर बम्बई ट्रान्सफर करा लूँगी। आगे क्या तै करेंगे यह बम्बई पहुँच कर करेंगे। हमें जल्द से जल्द यहाँ से निकल भागना है। अब तक चाचा जी को पता चल गया होगा कि मुझे किसी ने बचा लिया है। उनके आदमी मेरी टोह में घूम रहे होंगे। हमें बहुत होशियारी से यहाँ से निकलना होगा। फिर चाँदनी हँस कर रमेश से बोली, ''अब ज़रा अपना हुलिया ठीक कर लीजिए। आपका ज्यादा चेहरा हैट तथा चश्मे से ढका रहेगा। वैसे कुछ अच्छे कपड़े पहन कर खरीददारी कीजिएगा वरना पकड़े जाइएगा क्योंकि कीमती सूट खरीदने पर कोई आपको चोर न समझ बैठे।'' यह कर कर वह खिलखिला उठी। इतनी परेशानी में भी रमेश को चाँदनी की जिंदादिली देख बड़ा अच्छा लगा। टिकट आ जाने पर दोनों एयरो पहुँच गए। उन दोनों पर किसी ने ध्यान नहीं दिया। वे सही सलामत बम्बई पहुँच गए। वे एक अच्छे होटल में ठहरे। होटल में उन्होंने एक दूसरे का मित्र बताया। दो कमरे बुक करके उन्होंने चैन की साँस ली।

सबसे पहले चाँदनी ने रमेश के चेहरे की प्लास्टिक सर्जरी करवाई। कई महीनों बाद अब रमेश की शक्ल पहले जैसी हो गई तो उसने नौकरी के लिए दौड़-धूप शुरू कर दी। चाँदनी ने रमेश को बहुत समझाया कि हमारे पास करोड़ों की सम्पत्ति है। हम ज़ीवन भर चैन से रह सकते हैं पर आत्माभिमानी रमेश ने कहा, ''चाँदनी! मैं अपने पैरों पर खड़ा रहना चाहता हूँ। वैसे भी खाली बैठे-बैठे समय भी तो नहीं कटेगा।

चाँदनी बोली, ''हम क्लब में जाएँगे। यहाँ के दर्शनीय स्थान देखेंगे। अभी तो हमें विदेश भी जाना है।''

रमेश ने कहा, ''अभी तो मैं नौकरी की कोशिश करूँगा फिर बाद में तै करेंगे।'' पंद्रह दिन बाद ही रमेश को एक अच्छी कंपनी में नौकरी मिल गई। उसके शानदार व्यक्तित्व तथा इंटरव्यू में सभी प्रश्नों के उत्तर देने पर ही उसे लिया गया था। अब वह काफी व्यस्त हो गया। इधर घर में बैठे-बैठे चाँदनी का मन नहीं लग रहा था।

एक दिन जब चाँदनी क्लब से लौटी तो बहुत खुश थी। उसने चहकते हुए रमेश से कहा, ''आज मैं बहुत खुश हूँ।''

रमेश हँस कर बोला, "ऐसा कौन सा कारूँ का खज़ाना तुमको मिल गया है।"

चाँदनी बोली "आज क्लब में एक बहुत ही स्मार्ट तथा हँसमुख युवक आया था।" उसका नाम सुरेंद्र था। वह अभी लंडन से लौटा है। वह एक बड़ी कंपनी में ऊँचे पद पर है। एक ही घंटे में मैं उससे अत्यंत प्रभावित हो गई हूँ। कल मैं तुमको उससे मिलाऊँगी। दूसरे दिन छुट्‌टी थी, रमेश घर पर ही था। इतने में उसने देखा कि चाँदनी एक बहुत आकर्षक युवक के संग आई। युवक बहुत ही सौम्य तथा हँसमुख था। उसने थोड़ी ही देर में अपनी बातों से रमेश को मोह लिया। रमेश को तो बहुत कम फुर्सत मिलती थी पर सुरेंद्र को फुर्सत ही फुर्सत थी। उसका कहना था वह अपनी छुट्टियाँ बम्बई में व्यतीत करके लंडन अपनी नौकरी पर लौट जाएगा। अब रोज ही सुरेंद्र घर आने लगा। वह चाँदनी को लेकर घूमने निकल जाता और वे काफी रात को लौटते थे।

रमेश को उसका आना खटकने लगा। उसने सोचा एक अजनबी के साथ चाँदनी का देर से लौटना कहीं कोई खतरा न पैदा कर दे। फिर उसने यह सोच कर संतोष कर लिया कि कुछ दिनों की बात है फिर तो सुरेंद्र लौट जाएगा।

पहले तो चाँदनी रमेश से संग चलने की जिद करती थी। पर धीरे-धीरे उसने कहना बंद कर दिया। अभी तक सुरेंद्र ही खुले हाथों से खर्च करता था इससे प्रतीत होता था कि सुरेंद्र काफी रईस है। रमेश तथा चाँदनी को लगा कि पैसे की लालच में उसने उनसे दोस्ती नहीं की है।

एक दिन सुरेंद्र मुँह लटकाए आया। छुट्‌टी का दिन था। रमेश भी घर पर था। उसने मायूस होकर कहा, "दोस्तो। अब मुझे नौकरी पर लौटना है। आप दोनों का संग छोड़ते मुझे बड़ा दुःख हो रहा हैं। मेरी एक प्रार्थना है क्या आप दोनों मेरे मेहमान बन कर कुछ दिनों के लिए लंडन घूमने चल सकते हो?

सुरेंद्र की बात सुन चाँदनी खुश होकर बोली, "नेकी और पूछ पूछ। अरे भाई! हम तो कब से विदेश घूमने का प्रोग्राम बना रहे थे। चाँदनी ने रमेश से कहा, "रमेश! हमें इतना अच्छा मौका शायद न मिले। ऐसा करो तुम एक महीने की छुट्‌टी ले लो।

रमेश बोला "चाँदनी नई नौकरी है। मुझे इतने दिन की छुट्‌टी नहीं मिलेगी। अब सुरेंद्र से दोस्ती हो गई है। हम कुछ दिनों बाद जाएँ तो ज्यादा अच्छा रहेगा।"

चाँदनी रूठते हुए बोली, "अब इससे अच्छा मौका जल्दी नहीं मिलेगा। ऐसा करते हैं मैं सुरेंद्र के साथ चली जाती हूँ। तुम छुट्‌टी का जुगाड़ करके जल्दी से जल्दी आ जाना। रमेश को चाँदनी का अकेले सुरेंद्र के संग जाना अच्छा नहीं लगा पर वह लाचार था। वह यह भी देख रहा था कि चाँदनी का झुकाव सुरेंद्र की ओर बढ़ता जा रहा है। अब वह घर में बहुत कम रहती है। वह किस बूते पर चाँदनी

को रोके। उसका चाँदनी से संबंध ही क्या है। वही उसका ऋणी है। चाँदनी की ही सहायता से उसकी प्लाटिक सर्जरी हुई और उसे उसकी पहले जैसी सुंदर शक्ल मिली। कभी वह सोचता उसने भी अपने भरसक चाँदनी की जितनी सहायता वह कर सकता था, की थी। इस हिसाब से उसका कुछ अधिकार तो बनता है कि वह उसे रोक कर कह दे चाँदनी! इतने थोड़े समय में किसी की दोस्ती पर विश्वास करना ठीक नहीं है। हो सकता है वह तुम्हारा सर्वस्व लूट कर भाग भी सकता है। पर शायद चाँदनी उसका दुःसाहस समझ कर अपमान न कर बैठे। एक डर उसे और भी सता रहा था कि अगर चाँदनी उसे छोड़कर हमेशा के लिए सुरेंद्र के संग चली जाती है तो उसका जीवन अंधकारमय हो जाएगा। वह चाँदनी के प्रेम में आकंठ डूब चुका था पर यह एक तरफा प्यार था, चाँदनी के मन में क्या है वह जान नहीं पाया था। उसने सोचा था समय देख कर अपने दिल की बात चाँदनी से कह देगा पर बीच में सुरेंद्र के आ जाने से उसका सोचा-समझा प्रोग्राम मिट्टी में मिल गया।

लंडन जाने से पहले चाँदनी ने एक बड़ी रकम रमेश के नाम बैंक में जमा करा दी। उसने इस बारे में रमेश को कुछ नहीं बताया। वह जानती थी रमेश बहुत आत्मभिमानी है वह यह रकम कभी स्वीकार नहीं करेगा।

चाँदनी चली गई मानो रमेश की दुनिया उजड़ गई। उसे घर खाने को दौड़ने लगा। उसने पुस्तकों को पढ़ने में मन लगाया। कुछ दिन तो चाँदनी के पत्र जल्दी-जल्दी आते थे। फिर उसके पत्र देर से आने लगे। चार महीने के बाद उसके पत्र आने बंद हो गए। रमेश को चिंता होने लगी। उसने कई पत्र भेजे पर वे सभी लौट कर आ गए। रमेश के पास चाँदनी का नया पता नहीं था। उसने सोचा कहीं चाँदनी विपत्ति में तो नहीं फँस गई। यह भी हो सकता हो सुरेंद्र ने उसे धोखा दिया हो। इसी उहापोह में उसने लंडन जाने का निश्चय कर लिया। वह जानता था यह काम बहुत कठिन है। इतने बड़े शहर में उसे खोजने के लिए उसे पुलिस की सहायता लेनी होगी। उसने चाँदनी की फोटो ली फिर वीजा वगैरह बनवा कर वह लंडन पहुँच गया। पहले तो वह उसी पते पर पहुँचा जहाँ से चाँदनी के पत्र आते थे। वहाँ उसने फोटो दिखाकर पूछा यह स्त्री अब कहाँ रहती है। वहाँ लोगों ने बताया कि करीब पंद्रह-बीस दिन पहले वह मकान छोड़ कर चले गए थे। अब एक सहारा था पुलिस का। वह पुलिस सुपरिटेंडेंट से मिला और चाँदनी की फोटो दिखाकर सहायता माँगी। उसने कहा, "यह स्त्री चार महीना पहले हिंदुस्तान से यहाँ अपने यहीं पर रहने वाले मित्र के संग आई थी। वह काफी रईस थी। कहीं किसी ने उसका खून तो नहीं कर दिया? उस मित्र का नाम सुरेंद्र था। इसके लए जितना भी खर्च होगा मैं दूँगा।"

पुलिस सुपरिटंडेंट ने कहा, "मिस्टर रमेश यह तो हमारा फ़र्ज है कि हम

लोगों की सहायता करें। हम पूरी कोशिश इस लड़की को ढूँढने की करेंगे। पुलिस सुपरिटेंडेंट से बात करके वह स्वयं भी चाँदनी को ढूँढने में लग गया। एक शाम जब वह चाँदनी को ढूँढने के लिए इधर-उधर घूम रहा था तब उसने देखा इतनी घोर सर्दी में केवल एक गाउन पहने एक भिखारन घुटनों में सिर छुपाए बैठी थी। उसके आगे कुछ सिक्के पड़े हुए थे। रमेश ने उड़ती-सी दृष्टि उस पर डाली फिर गरीब समझ कर कई सिक्के उसके रुमाल पर फेंक दिए। कई सिक्कों की आवाज़ सुन उसने घुटनों से थोड़ा सिर उठा कर अपने दयालु दाता को देखा। रमेश को देखते ही वह चीख मार कर उससे लिपट कर सिसकने लगी। थोड़ी देर के लिए रमेश भी चकरा गया फिर चाँदनी को पहचान कर उसकी आँखें भर आईं। चाँदनी की कृष काया, पीला रंग तथा फटे कपड़े उसकी दयनीय दशा का बयान कर रहे थे। सर्दी से थरथर काँपती चाँदनी को पहले उसने अपना कोट पहनाया फिर टैक्सी करके वह उसे अपने होटल ले आया। सबसे पहले तो उसने पुलिस सुपरिटेंडेंट को फोन करके कहा कि उसे जिस स्त्री की तलाश थी वह उसे मिल गई है। वह उसे अब खोजने का कष्ट न करें। वह उनसे मिलकर सब हाल बता देगा।

चाँदनी की ऐसी दशा कैसे हो गई यह उसने उस समय पूछना उचित नहीं समझा क्योंकि वह कमज़ोर तथा थकी हुई लग रही थी। गर्म कमरे में पहुँच कर तथा गर्म चाय पीकर चाँदनी थोड़ा स्वस्थ हुई और जैसे ही उसने कुछ कहना चाहा उसे रोकते हुए उसने कहा, ''चाँदनी! हम आरामसे कल बातें करेंगे। इस समय भोजन करके तुम सो जाओ। कई दिन की भूखी चाँदनी ने जल्दी-जल्दी खाना शुरू किया। उसे इस प्रकार खाने पर टूटते देख रमेश की आँखों में आँसू भर आए। खाना खाकर चाँदनी सो गई। ऐसा लग रहा था जैसे वह महीनों से सो नहीं पाई हो। दूसरे रोज़ चाँदी देर से उठी। अब पहले से वह कुछ ठीक लग रही थी। अपनी व्यथा-कथा सुनाने को वह व्याकुल दिख रही थी। चाय-नाश्ता दोनों ने संग किया फिर उसने चाँदनी से कहा 'चाँदनी! अब तुम आपबीती सुनाओ। तुम्हारी यह दशा कैसे हो गई।''

चाँदनी ने रूँधे गले से कहा, ''शुरू में सुरेंद्र का व्यवहार मेरे प्रति बड़ा शिष्ट तथा मित्रतापूर्ण था। मैंने भी उसे अपना सच्चा मित्र मान लिया था। यहाँ पहुँचकर उसने खूब शराब पीनी शुरू कर दी। उसने मुझे भी पिलानी चाही पर मैंने कठोरता से मना कर दिया तब वह मुझे शर्बत देने लगा। उसने बड़ी नरमी से कहा 'चाँदनी! तुम्हारी इच्छा के विरुद्ध मैं कोई काम नहीं करूँगा' पर शर्बत पीते ही मैं मदहोश हो जाती। मुझे सुरेंद्र की सभी बातें अच्छी लगती। वह जो कहता मैं आँख मूँद कर देती थी। अब मुझे लगता है वह शर्बत में कुछ मिला देता होगा। शायद कोई नशे की गोली होती होगी। कभी-कभी वह कुछ कागज़ों पर मेरे हस्ताक्षर कराता था। चूँकि मेरे पास ज्यादा डालर नहीं थे। इसलिए मुझे चिंता नहीं थी क्योंकि

सुरेंद्र खुले हाथों से खर्च करता था। इसलिए मुझे उस पर ज़रा भी संदेह नहीं था। हिंदुस्तान से मैं अपनी सभी चेक बुक ले आई थी। मुझे ज़रा भी संदेह नहीं था कि मेरी हिंदुस्तानी करन्सी का कोई इस्तेमाल कर सकता है। उसने शर्बत पिला-पिलाकर मेरे से कितने चेकों पर दस्तखत कराए मुझे पता नहीं। मैंने अपना पर्स खोला तो उसमें से मेरा पासपोर्ट, हिंदुस्तान के बैंक के सभी कागज, चेक बुक तथा डालर गायब थे। मैं घबरा गई कि मेरे पास तो एक भी पैसा नहीं बचा है, न ही पासपोर्ट। मैं हिंदुस्तान कैसे जा पाऊँगीं। मेरे सभी जेवर भी गायब थे। कुछ कीमती साड़ियों को छोड़ मेरे पास कुछ भी नहीं था। मेरा सब कुछ लेकर सुरेंद्र चंपत हो गया था। होटल वाला अपना किराया माँग रहा था। वह मुझे किराया न देने पर जेल भेजने की धमकी दे रहा था। मैंने अपनी सभी कीमती साड़ियाँ बेच कर उसका बिल चुकाया फिर मैं सुरेंद्र को खोजने निकल पड़ी। मेरे पास न रहने का ठिकाना था न खाने का। कई दिन मैं सड़कों पर खाक छानती रही। कई दिन भूखी रहने पर मैंने सोचा इस पेट को भरने के लिए अब भीख माँगने के सिवा कोई चारा नहीं है। मैं यहाँ किसी को जानती भी नहीं थी कि सहायता माँगती। पहले तो मैंने सोचा कि पत्र लिख कर तुम्हें अपनी दशा सूचित करूँ पर भीख में इतने थोड़े पैसे मिलते थे कि उनसे आधा पेट भी नहीं भरता था। कभी-कभी तो कुछ भी नहीं मिलता तब मैं भूखी-प्यासी कहीं पेड़ के नीचे सो जाती। धीरे-धीरे मेरे धैर्य ने जबाव देना शुरू कर दिया। मुझे लगा अब मैं हिंदुस्तान किसी प्रकार भी नहीं पहुँच पाऊँगी और भूखी-प्यासी यहीं मर जाऊँगी। मुझे अपनी बेवकूफी पर रह-रह कर गुस्सा आता था कि तुम्हारे समझाने पर भी मैं नहीं रुकी। काशः मैं रुक जाती तो ये दिन देखने को नहीं मिलते। अब तक सुरेंद्र हिंदुस्तान पहुँच गया होगा ओर उसने बैंक से पूरी रकम निकाल ली होगी। न तो हमारे पास उसकी कोई फोटो है और न ही सबूत क्योंकि सभी चेकों पर मेरे हस्ताक्षर हैं।

रमेश बोला 'चाँदनी! चिंता क्यों करती हो। मैं अच्छा-खासा कमा रहा हूँ। तुम्हें परेशान होने की जरूरत नहीं है।

चाँदनी बोली, ''रमेश! एक बात अब मुझे याद आ रही है। चलते समय मैंने एक बड़ी रकम तुम्हारे नाम से बैंक में जमा करा दी थी। इसका तुम्हें पता नहीं होगा। मैं जानती थी तुम बहुत आत्मभिमानी हो, यह पैसा कदापि स्वीकार नहीं करोगे। इसलिए तुमको बताया नहीं था।

रमेश बोला 'चाँदनी! मुझे सचमुच में पता नहीं था।'' चाँदनी आश्वस्त होकर बोली, ''रमेश! अब भी हमारे पास पैसे की कमी नहीं रहेगी। हम आराम से जिंदगी गुज़ार सकते है। एक बात जो मैं चलते समय शर्म के मारे तुमसे कह नहीं पाई थी न ही तुम्हारी तरफ से कोई संकेत मिला था। मैंने सोचा लौट कर तुमसे वह बात कहूँगी। आज निर्लज्ज होकर तुमसे कहती हूँ कि मैं तुमसे प्यार करती हूँ और

विवाह करना चाहती हूँ। यह कहते-कहते लज्जा से उसका चेहरा लाल हो गया।''

चाँदनी की बात सुनते ही रमेश खुशी से झूम उठा। उसने कहा, ''चाँदनी! मैं तुम्हारे प्यार में आकंठ डूबा था पर मुझ अकिंचन की हिम्मत नहीं पड़ती थी। कहाँ तुम कहाँ मैं एक अदना-सा आदमी। मेरे हृदय में तुम्हारे प्रेम का अजस्त्र स्रोत बह रहा था। पर उसे व्यक्त करने में मैं अपने को असमर्थ पा रहा था। तुम्हारी थोड़ी-सी सहायता करके मैं उसका प्रतिदान माँगने में मैं स्वयं अपनी नज़रों में गिर जाता। आज मैं कितना भाग्यवान हूँ जो तुम्हारा प्यार पा सका।''

चाँदनी बोली ''भाग्यवान तो मैं हूँ जो उस नरक से तुम मुझे निकाल के ले आए।''

दो साल बाद रमेश तथा चाँदनी अपने प्यारे-से बच्चे के संग समुद्र के किनारे टहल रहे थे। उन्होनें देखा एक भिखमंगा जिसके कपड़े चिथड़े-चिथड़े हो चुके हैं लोगों से गिड़गिड़ाकर भीख माँग रहा है। वह करोड़पति सुरेंद्र था जो जुआ, शेयर तथा रेस में सभी धन फूँक कर कंगाल हो चुका था। उसकी यह दशा देख चाँदनी बोली ''देखो रमेश बुरे कर्मों का बुरा नतीजा होता है और वह भी इसी जन्म में।''

उलझन

शाम के पाँच बज चुके थे। वीणा अतीत की स्मृतियों में खोई थी। उसे यह भी होश नहीं था कि नीरज आफिस से लौटने वाला है। उसके कोयला हुए अतीत में अभी भी ऐसी आँच थी जो शायद जीवन भर उसे झुलसाती रहेगी। वह आँच कब बुझेगी। यह वह जानती नहीं थी। अतीत की घिनौनी यादें उसे तिल-तिल करके मार रही थीं। अगर वह अपने घिनौने अतीत को खोलकर नीरज के सामने रखती है तो उसका स्वर्णिम वर्तमान जल कर राख हो जाएगा। पर शायद अब अपने देवता सदृश्य पति को धोखा देने में वह अपने का असमर्थ पा रही थी। उसे यह राज़ खोलना ही पड़ेगा। इसी उलझन में जब वह पड़ी थी तभी कॉलबेल की आवाज़ सुन वह चिहुँक उठी। उसने दौड़ कर दरवाज़ा खोला। उसे अस्त-व्यस्त कपड़ों में देख नीरज बोला, "अरे वीणा! कौन से संसार में विचरण कर रही थी। आज न तो कपड़े बदले हैं और न ही बाल सँवारे हैं। यह वैरागिनी सा भेस क्यों धारण किया है? क्या मुझसे कोई गलती हो गई है? अगर भई! हो गई हो तो कान पकड़ता हूँ।" यह कह कर शरारत से हँसते हुए उसने सचमुच में कान पकड़ लिए।

उस सरल व्यक्तित्व के आगे उसे अपना व्यक्तित्व अत्यंत गिरा हुआ लगा। उसने हँसने का प्रयास करते हुए कहा, "जरा सिर में दर्द था इस कारण कुछ नहीं कर पाई।"

नीरज बोला, "ठीक है तुम तैयार हो कर आओ आज इसी बहाने बाहर चाय पीएंगे। चाय पीते समय भी वह अनमनी रही। नीरज ने सोचा कि तबीयत ठीक न होने के कारण वीणा सुस्त-सी हो रही है।

रात नीरज ने वीणा को अंक में लेते हुए कहा, "वीण! मैं बहुत भाग्यवान हूँ जो तुम जैसी पत्नी मिली। सच कहता हूँ तुमको छूते ही मेरे हृदय रूपी वीणा के तार झनझना कर मधुर ध्वनि बिखरने लगते हैं। इन दो वर्षों के बाद भी तुमको छूते ही मैं रोमांचित हो उठता हूँ। मैं सोचता हूँ कुछ तो तुममें है जो दूसरी स्त्रियों में शायद कम ही पाया जाता हो। इसी बात पर आज मैंने तुम्हारा एक नया नाम

रखा है। यह कोड नाम है। इसे मेरे अलावा कोई नहीं जान पाएगा। जानती हो, वह नाम क्या है?" वीणा हँसती हुई बोली, "बताओगे तभी तो जान पाऊँगी।"

नीरज शरारत से मुस्कराता हुआ उसके कान के पास मुँह ले जाकर बोला "झुम्मी"। वीणा आश्चर्य से बोली, "ये झुम्मी नाम क्यों रखा है?"

नीरज मुस्कराता हुआ बोला, "क्योंकि तुम्हारे पास आते ही मैं खुशी से झूम उठता हूँ।"

अपने प्रति नीरज का इतना प्यार देख वीणा और भी चिंतित हो जाती। वह जानती थी कि असलियत खुलने पर नीरज का हृदय टूक-टूक हो जाएगा। हो सकता है वह यह सदमा बर्दाश्त न कर पाए। तब तो दो जिंदगी बर्बाद हो जाएगी। मैं तो परिताप की आग में जल ही रही हूँ। वह भी जवनपर्यन्त इसमें जलता रहेगा। इसी उलझन में इसके दिन कट रहे थे। वह इसमें से निकलने के लिए जितने हाथ-पाँव मारती, उसी में उलझ कर रह जाती।

वीणा को वे दिन याद आते जब वह तितली के समान उड़ती रहती थी। वह सुंदर थी, सुशिक्षित थी। उसे अपने रूप, गुण पर अभिमान भी था। माता-पिता की इकलौती संतान होने के कारण वह उसकी सभी फरमाईशें पूरी करते थे। मध्यवर्गीय परिवार था। पिता खुले हाथ से पैसा खर्च करते थे। बैंक में बहुत ही कम रकम थी। उनका सिद्धांत था खाओ-पीओ और मौज़ करो। पता नहीं फिर मनुष्य का जन्म मिले या न मिले। माँ कहती भी कि वीणा का विवाह करना है कुछ तो जोड़ो। वह हँस कर कहते, "हमारी सर्वगुण संपन्न बिटिया को कोई भी वर एक साड़ी में ब्याह कर ले जाएगा। ऐसी पत्नी पाकर वह अपने भाग्य सराहेगा।" यह सुनकर वीणा अभिमान से फूल जाती। शायद भगवान से उसका यह अभिमान देखा नहीं गया। और एक दिन जब उसके पिता आफिस से लौट रहे थे तो सामने से आते ट्रक की चपेट में आ गए। अस्पताल पहुँचते-पहुँचते उनके प्राण-पखेरू उड़ गए। वीणा तथा उसकी माँ पर वज्रपात हो गया। बैंक में वैसे भी बहुत कम रकम थी। माँ तथा वीणा ने महीना-दो महीना तो किसी प्रकार काटा फिर अर्थ संकट ने उनको घेर लिया। माँ को चिंतित देख वीणा बोली, "माँ तू चिंता मत कर पिताजी के आफिस में मुझे जरूर कोई काम मिल जाएगा।"

माँ बोली "बेटी, जमाना बहुत खराब है। आफिस में तरह-तरह के लोग रहते हैं अगर तू किसी के बहकावे में आ गई तो मैं कहीं की नहीं रहूँगी।"

वीणा बोली "माँ तू चिंता मत कर। समय मनुष्य को बहुत कुछ सिखा देता है। वैसे भी मैं सतर्क रहूँगी। किसी के झाँसे में नहीं आऊँगी।"

वीणा ने पिता के आफिस में अर्जी भेजी। उसे साक्षात्कार के लिए बुलाया गया। उसने सभी प्रश्नों का सही-सही उत्तर दिया। उसे चुन लिया गया। अब माँ-बेटी के दिन चैन से कटने लगे। यह अच्छा था कि उनका अपना घर था। वरना थोड़ी

परेशानी हो सकती थी।

वीणा आफिस में किसी को लिफ्ट नहीं देती थी। वह अपने काम से काम रखती थी। एक दिन जब वह बड़े मनोयोग से काम में लगी थी तब थोड़ी देर बाद ही उसे महसूस हुआ कि एक नवयुवक उसे मुग्ध भाव से निहार रहा है। वह गंभीर होकर बोली "ए मिस्टर! मुझे अपना काम करने दीजिए। यहाँ खड़े होकर आप मेरे काम में रुकावट पैदा कर रहे हैं। आप जाकर अपना काम कीजिए। मुझे मेरा काम करने दीजिए।"

युवक मुस्करा कर बोला "काम में आपका इतना ध्यान देना मुझे बहुत पसंद आया। खैर! फिर मिलेंगे।" यह कह कर वह चला गया। घंटे भर बाद ही बॉस के कमरे से उसकी बुलाहट आई। दरवाजे पर खड़ी होकर उसने पूछा "सर! क्या मैं अंदर आ सकती हूँ।"

जैसे ही बॉस ने कुर्सी का मुँह फेरा उसे देख वीणा का चेहरा फ़क पड़ गया। उसने सोचा कल तक तो इस कुर्सी पर अधेड़ बॉस था आज ये युवक कैसे आ गया। पर अपने को संतुलित कर वह बोली "माफ कीजिएगा सर मैंने आपको पहचाना नहीं था नहीं तो यह गुस्ताखी नहीं करती। मैं क्षमा चाहती हूँ।"

युवक बोला "आज ही तो मैंने यह कुर्सी सम्हाली है। आपको पता भी कैसे चलता। मेरा नाम निखिल है। आपकी काम के प्रति निष्ठा देख मुझे बहुत अच्छा लगा। वैसे भी आपकी रिपोर्ट बहुत अच्छी मिली है। अब आप जा सकती हैं।"

शाम को जब वह घर पहुँची तो उसने माँ को सभी बातें जो बॉस के संग हुई थी सुनाईं।

माँ बोली "बेटी, इन बॉस जैसे लोगों से दूर ही रहना। यह बड़े धोखेबाज होते हैं।"

वीणा बोली "माँ! वे वैसे नहीं हैं। मेरे काम की बहुत प्रशंसा कर रहे थे। उनका व्यवहार बड़ा ही शिष्ट था। फिर भी मैं होशियार रहूँगी। वीणा ने महसूस किया कि निखिल अब कुछ जल्दी-जल्दी ही उसे अपने केबिन में बुलाने लगा है। पत्र वह कम लिखवाता है बातें ज्यादा करता है। कभी उसके गुणों की तो कभी उसकी सुंदरता की। वीणा ने अभी तक उसका कोई अभद्र व्यवहार नहीं पाया था। इस कारण भी वह निश्चिंत थी। अब धीरे-धीरे निखिल उसके लिए भी चाय मँगवाता। फिर उसके संग चाय पीते-पीते उसके घर-परिवार के बारे में भी पूछने लगा। जब उसे पता चला कि वीणा के केवल माँ है, भाई या पिता कोई नहीं है तब वह धीरे-धीरे खुलने लगा। वह उसे जबरदस्ती लिफ्ट भी देने लगा। आफिस में अब कानाफूसी शुरू हो गई। वीणा भी इससे अनजान नहीं थी। पर नौकरी छोड़ने का मतलब था भूखों मरना। यहाँ तो पिता के स्थान पर वह नौकरी पा गई थी। पर दूसरी जगह जल्द नौकरी मिलना मुश्किल था। उसने निखिल से कहा "सर! मै आपकी अनुगृहित

हूँ कि आप मेरे ऊपर इतनी कृपा रखते हैं। पर अब आफिस में मेरे और आपके संबंध को गलत ढंग से लिया जा रहा है। मैं लड़की हूँ बदनाम होने पर कहीं की नहीं रहूँगी। अब से मेरे आपके बीच केवल काम का रिश्ता रहेगा चाय, लिफ्ट इत्यादि बंद कर दें तो कृपा होगी।''

निखिल मुस्करा कर बोला ''वीणा! मुझे तुम्हारी जैसी लड़की की तलाश थी। मैं तुम्हें परखना चाहता था। तभी विवाह के लिए तुम्हारी माँ से से तुम्हारा हाथ माँगना चाहता था। इसके अलावा, मेरा कोई बुरा विचार नहीं था। मुझे खुशी है कि तुम मेरे कसौटी पर खरी उतरी। बस अब दो-चार दिन में ही तुम्हारी माँ से तुम्हारा हाथ माँगने पहुँच जाऊँगा।''

खुशी से वीणा की आँखें छलछला उठीं। वह बोली ''सर! आप कितने अच्छे हैं। वरना मुझ में धरा ही क्या है। सर! आपका बड़प्पन है कि आपने मुझे जैसी मध्यमवर्ग की लड़की को पसंद किया है।''

निखिल बोला ''अब सर कहना छोड़ो और सीधे से निखिल बुलाओ। आज तुमको खुश देख कर बाहर चाय पीने का प्रोग्राम बनाते हैं। फिर तुमको घर छोड़ दूँगा।''

वीणा का मन-मयूर नाच उठा। वह झट राज़ी हो गई। होटल में चाय का स्वाद उसे कुछ अज़ीब लगा। धीरे-धीरे उस पर मदहोशी छाने लगी। उसे निखिल का साथ अच्छा लगने लगा। निखिल ने उसका हाथ पकड़ कर दबा दिया तो वह मुसकरा उठी। केबिन में उसने आलिंगन में लेकर चूम लिया। वीणा ने कुछ भी प्रतिवाद नहीं किया। बल्कि यह सब उसे बहुत अच्छा लगने लगा। धीरे-धीरे वह अपनी चेतना खोने लगी। निखिल ने मैनेजर से कहा कि एक कमरा इनके लिए बुक कर दीजिए। इनकी तबीयत ठीक नहीं है।

वीणा को सहारा देकर वह कमरे में लाया। रात भर वह वीणा के संग रहा। सुबह मैनेजर से यह कहकर कि उनसे कह दीजिएगा कि मैं किसी जरूरी काम से जा रहा हूँ।

काफी दिन चढ़े वीणा की नींद टूटी। उसका अंग-अंग दर्द कर रहा था। वह इस कमरे में कैसे आ गई उसे कुछ याद नहीं आ रहा था। धीरे-धीरे उसकी स्मृति ने काम करना शुरू किया। उसे याद आया कि वह निखिल के साथ चाय पीने आई थी। चाय पीने के बाद क्या हुआ उसे कुछ भी याद नहीं आ रहा था। उसने पाया कि रात को उसका सर्वस्व लूट कर निखिल चला गया। रोते-रोते उसकी हिचकी बँध गई पर अब क्या हो सकता था। रात घर न लौटने पर उसकी माँ पर क्या बीती होगी इसका अनुमान उसे था। उसने कपड़े ठीक किए। वह स्कूटर करके घर आई। उसने देखा कि माँ दरवाजे के पास औंधी पड़ी है। बेटी का सर्वनाश देखने के लिए वह जिंदा नहीं रही। इन दोनों अघातों को वह सहन नहीं कर पा

रही थी। पर उसने धैर्य से काम लिया। माँ का क्रिया-कर्म करके उसने सोचा पेट भरे के लिए कहीं तो काम करना पड़ेगा। एक बार वह निखिल से विवाह की बात करके तब इस्तीफा देना चाहती थी। वह अपना इस्तीफा लेकर आफिस पहुँच गई।

निखिल वीणा की तरफ देखकर व्यंग्य से बोला, "कहिए आपकी क्या सेवा कर सकता हूँ।"

वीणा बोली "निखिल तुमने मेरे संग विश्वासघात किया है। अब मुझसे कब विवाह कर रहे हो।"

निखिल बेहयाई से हँस कर बोला "अरे! एक ही रात तो तुम्हारे संग व्यतीत की है। ऐसा तो मैं सभी नई लड़कियों के संग करता हूँ। तो क्या सभी से विवाह करता रहूँगा।"

निखिल का उत्तर सुनकर उसका हृदय अग्निशिखा के समान प्रज्ज्वलित हो उठा। मन का क्रोध बाहर फूट कर निकलने को ज़ोर मारने लगा। सूना भविष्य उसे भीतर तक दहला गया, पर उसने संयम से काम लिया। गलती उसकी भी थी। उसे निखिल की बातों पर विश्वास नहीं करना था। पर तीर तरकश से निकल चुका था। शायद जीवन भर रोने के लिए पुरुषों से उसे घृणा हो गई थी। किसी भी आफिस में नौकरी करना उसे अब उचित नहीं लगा। उसने एक छोटे से स्कूल में बच्चों को पढ़ाने की नौकरी कर ली। पैसे काफी कम मिल रहे थे, पर किसी प्रकार वह गुज़ारा कर रही थी। यहाँ उसे कम से कम पुरुषों से खतरा तो नहीं था।

एक दिन उसने देखा कि स्कूल के संचालक का बेटा स्कूल देखने आया। देखने में वह बड़ा ही सरल तथा खुशमिज़ाज स्वभाव का दिख रहा था। सभी अध्यापिकाओं से वह हँस-हँस कर बातें कर रहा था। वीणा को देखते ही वह बोला "शायद आप नई आई हैं क्योंकि इसके पहले जब मैं आया था तब आप नहीं थीं। वीणा ने बड़ी शिष्टता से उत्तर दिया।" मुझे पदभार ग्रहण किए केवल महीना ही हुआ है।" उसने भरपूर नज़र से उसे निहारा। उस नजर में जरा भी कलुषता नहीं थी। पर फिर भी वह सावधान थी। क्योंकि वह धोखा खा चुकी थी।

दो तीन दिन बाद संचालक की पत्नी भी आई और उसे पैनी नज़र से निहार कर बोली "बेटी! मैं तुम्हारे माता-पिता से मिलना चाहती हूँ।"

वीणा की आँखों से टपाटप आँसू गिरने लगे। रूँधे कंठ से वह बोली "मैं दोनों को खो चुकी हूँ।" जिस ममत्वपूर्ण दृष्टि से उन्होंने उसे निहारा उसे देख उसे अपनी माँ याद आ गई। प्यार से वीणा की पीठ पर हाथ फेर वह बोली "कल तुम्हारे घर कुछ जरूरी बातें करने आ रही हूँ।"

वीणा को आश्चर्य हुआ कि ऐसी कौन सी जरूरी बात है जिसको करने वह

उसके घर आ रही हैं। उसने घर पर ही नाश्ता तैयार किया। नियत समय पर वह आ गईं। वीणा ने संकोच से कहा "माँ जी! मेरी ये कुटिया आपके लायक नहीं है। कहाँ आप और कहाँ मैं।"

माँ जी ने प्यार से उसके हाथ दो बहुमूल्य कंगन पहना कर कहा "मेरे बेटे नीरज ने अभी तक विवाह नहीं किया है। कोई भी लड़की उसे पसंद नहीं आती थी। तुमको देख पहली ही नज़र में उसने पसंद करके मुझसे कहा 'माँ! मैं वीणा से विवाह करना चाहता हूँ।' मुझे अपने बेटे की पसंद पर नाज़ है। बस बेटी तुम हामी भर दो।"

वीणा ने कहा "माँ जी! मैं आपके बेटे के योग्य नहीं हूँ। मैं एक गरीब लड़की हूँ और आप इतने समृद्ध हैं।"

नीरज की माँ बोली "बेटी! हीरे की परख तो जौहरी ही कर सकता है। और उसने परख कर ही तुम्हें पसंद किया है।" इस प्रकार नीरज से उसका विवाह हो गया।

नीरज ने संसार के सभी सुख उसे दे दिए। पर वह कैसे भूल सकती थी अपने भोगे हुए घिनौने अतीत को, तन्हाइयों को, रूदन को जिसे देखने-सुनने और बाँटने वाला उस समय कोई नहीं था। उसका मन कहता जैसे डॉक्टर आपरेशन कर सड़े-गले अंग को निकाल कर फेंक देता है तो फिर वह अपने जीवन के अतीत की सड़ी-गली स्मृतियों को काट कर अपना वर्तमान सुखमय क्यों नहीं बना लेती, पर वह अतीत की यादों को भूल नहीं पाती और गीली लकड़ी की तरह धीरे-धीरे सुलगा करती। अकेले में अंदर से उठते बवंडर से पलकों के बाँध तोड़कर जब टीसती पीड़ा बह जाना चाहती, तब वह गरल समान आँसुओं को जबरन नैनों में ही पी जाती, ताकि नीरज को पता न चले।

एक दिन हिम्मत करके उसने नीरज से कहा 'नीरज! मैं अपने अतीत के बारे में तुमको सब कुछ बताना चाहती हूँ। मैं तुमको धोखे में नहीं रखना चाहती।

नीरज बोला "अरे यार! गोली मारो अतीत को। मुझे तुम्हारे अतीत से कुछ लेना देना नहीं है। मैंने तुम्हारा वर्तमान देखा है। वह इतना प्यारा है जिसकी मैंने कल्पना भी नहीं की थी।"

वीणा ने फिर ज़ोर देकर कहा "नीरज! तुम मेरे अतीत के बारे में कुछ नहीं जानते। यह कहते-कहते उसकी आँखें छलछला पड़ीं।"

नीरज ने उसके आँसू पोंछते हुए कहा "यह अतीत की रट क्यों लगा रही हो। जब मैं सुनना नहीं चाहता तो क्यों जिद कर रही हो। उसे नीरज के उत्तर से थोड़ा ढाढ़स मिला।"

एक दिन आफिस से लौटने पर नीरज बड़े अच्छे मूड में था। वह बोला "वीणा! कल मेरा एक बहुत पुराना दोस्त आ रहा है। ज़रा सज-धज कर उसे शानदार

खाना खिलाना है। वह भी तो देखे कि हमारी पसंद कितनी ऊँची है।"

वीणा शर्मा कर बोली "आप झूठी तारीफ करते रहते हैं।

दूसरे दिन कॉलबेल बजने पर उसी ने दरवाजा खोला। आगंतुक को देखकर उसका चेहरा फ़क पड़ गया। उसके पैर ज़मीन में जम गए। आगंतुक भी उसे वहाँ देख चकरा गया। उसी समय नीरज आ गया और बोला "देखा मेरी परी बीबी को। लाखों में से छाँट कर लाया हूँ। कहो कैसी लगी?"

आगंतुक बोला "तुम्हारी पसंद की दाद देता हूँ।"

नीरज आगंतुक की तरफ देखकर बोला "वीणा! यह मेरा प्यारा दोस्त निखिल है।" और निखिल की तरफ देख कर बोला "यह मेरी पत्नी वीणा है।"

वीणा और निखिल ने एक-दूसरे को नमस्त की। निखिल ने यह नहीं दर्शाया कि वह वीणा को जानता है।

वीणा समझ गई थी कि निखिल अब उसे ब्लैकमेल करके उसे फिर से बर्बाद करने के मनसूबे बनाएगा। उसने फिर से अपने अतीत की कहानी नीरज से करने की ठानी ताकि निखिल के कुछ कहने से पहले वह निखिल की काली करतूत तथा धोखे से अपनी बर्बादी सुना कर इस यातनाओं के कारागार से मुक्ति पा जाए। पर उसकी सभी कोशिशें बेकार हुईं। वह इस विषय पर आते ही उखड़ जाता था। हार कर वीणा ने अपने आप को भाग्य के सहारे छोड़ दिया।

अब कोई न कोई बहाना बनाकर निखिल आने लगा। पहले तो वह नीरज के सामने आता था पर एक दिन जब नीरज आफिस में था तब वह आया। द्वार पर ही वीणा ने रूखे स्वर में कहा, "नीरज घर में नहीं है। वह जब आएँ तभी आप आना। वैसे भी मैं बहुत व्यस्त हूँ।"

निखिल बेहयाई से हँस कर बोला, "वीणा रानी। अब ज्यादा नखरे मत दिखाओ। मानता हूँ तुम पहले से ज्यादा सुंदर हो गई हो। इस कारण भी लालच आ रहा है। खैर! तुम व्यस्त हो तो मैं आराम से यहाँ बैठ जाता हूँ।"

गुस्से से वीणा का रोंया-रोंया जल उठा वह बोली "मिस्टर निखिल! आप चुपचाप यहाँ से चले जाइए वरना ठीक नहीं होगा।"

निखिल बोला "क्या कर लोगी। बड़ी सती सावित्री बन रही हो। नीरज के समने जब तुम्हारी पोल खोलूँगा तब तुम इस चौखट से बाहर धकेल दी जाओगी।"

वीणा ने दर्प से गर्दन उठाकर कहा "तुम्हें जो कुछ कहना हो कह देना। न जाने कितनी बार मैंने अपने घृणित अतीत की कहानी नीरज को सुनानी चाही पर वह सुनना ही नहीं चाहता। तुममें हिम्मत हो तो कह कर देखो स्वयं ही फँस जाओगे।"

निखिल खिसिया कर बोला 'खैर! इस समय तो मैं जाता हूँ शाम को आऊँगा।

निखिल के ज़ाने के बाद वीणा सोच में डूब गई। वह इतना तो समझ गई

कि अपना यह वार खाली देख कर कोई दूसरी ही चाल चलेगा। अब निखिल शाम को रोज आने लगा। वह घंटों नीरज से बातें करता और कनखियों से वीणा की तरफ देख व्यंग्य से मुस्करा देता। वीणा जल कर अवज्ञा से मुँह फेर लेती।

एक दिन नीरज बोला "निखिल कल एक मीटिंग है पर जाने का मन नहीं कर रहा है।"

निखिल जोर देकर बोला "कहाँ मीटिंग है।"

नीरज बोला "बम्बई में।"

निखिल बोला "वहाँ तो मुझे भी जाना है। एक दिन बाद पर तुम्हारा साथ रहेगा तो मैं एक दिन पहले ही चलूँगा। तुम्हारे संग यात्रा मजे में कट जाएगी। कहा भी गया है एक से दो भले।" निखिल के जाने के बाद वीणा बोली "नीरज! प्लीज़ इस मीटिंग में मत जाओ। रात मैंने बहुत बुरा स्वप्न देखा है।"

नीरज बोला "वैसे तो मैं नहीं भी जाता पर निखिल को बहुत बुरा लगेगा। मेरे ही कारण वह एक दिन पहले जाने को राजी हो गया है। उसने टिकट वगैरह सभी मँगा रखे हैं। तुम तो पढ़ी-लिखी हो। कभी स्वप्न भी सच्चा होता है।"

वीणा के बहुत रोकने पर भी नीरज नहीं रूका।

जिस हवाई जहाज से नीरज आने वाला था वह जैसे ही हवाई पट्टी पर उतरने वाला था। उसमें आग लग गई। कुछ लोग कूद पड़े पर काफी लोग निकल नहीं पाए। वे काफी बुरी तरह जल गए थे तथा कुछ लोग मर गए थे।

वीणा को जैसे ही पता चला वह भागी-भागी एयर पोर्ट पहुँच गई। उसे तन बदन का होश नहीं था। उसने पूछा एन गुप्ता कैसे हैं? मैं उनकी पत्नी हूँ।

कर्मचारी बोला यहाँ दो एन गुप्ता हैं। एक निखिल गुप्ता दूसरे नीरज गुप्ता। एक गुप्ता जी की मृत्यु हो गई है दूसरे गुप्ता जी की हालत ठीक नहीं है। वह बुरी तरह जल गए हैं, जिन गुप्ता जी की मौत हो चुकी है उनकी जेब से यह सिगरेट लाईटर मिला है। यह वही लाईटर था, जो उसने नीरज के जन्मदिन पर उपहार में दिया था। सिगरेट लाईटर देख वह चीखकर गिरने ही वाली थी कि कर्मचारी ने उसे थाम लिया। वह वहीं जमीन पर बैठ बिलखने लगी। आँखों में आँसुओं की बरसात जैसे उमड़ पड़ी। इतने में एक दूसरे कर्मचारी ने आकर वीणा से कहा जो दूसरे मिस्टर गुप्ता हैं वह आपको बुला रहे हैं। आप जल्दी ही उनसे मिल लीजिए। उनकी हालत ठीक नहीं है। अस्पताल जाने से पहले वह आपसे मिलना चाहते हैं। बड़ी मुश्किल से वह बोल पाए हैं।

वीणा चीख कर बोली "उसे मरने दो। उसी के कारण मेरे पति नहीं रहे।"

कर्मचारी ने उसे दिलासा देते हुए कहा "इस समय वह मौत के मुँह में हैं। कम से कम मनुष्यता के नाते एक बार उनसे मिल लीजिए।" वह गिरती पड़ती उस स्थान पर पहुँची जहाँ एक मनुष्य जिसकी दो आँखों को छोड़ पूरे शरीर पर

पट्टियाँ बँधी थी। उसे देख गुस्से से वीणा आग-बबूला हो चीखी ''निखिल! तुम्हें भगवान जितना कष्ट दे वह तुम जैसे नीच के लिए कम होगा। मेरे कहने पर वह नहीं जा रहे थे पर तुम्हारे जोर देने पर उनको जाना पड़ा। तुम धूमकेतु के समान मेरी गृहस्थी में आग लगाने को पहुँच गए थे। तुमने धोखे से मेरा सतीत्व लूटा फिर मुझे धमकी दी कि यह राज तुम मेरे पति को बता दोगे। पर देवता सदृश्य मेरे पति ने मेरी कितनी बार विनय करने पर भी मेरे अतीत की घिनौनी कहानी सुनने से इंकार कर दिया। तुमने हर प्रकार से प्रयत्न किया कि मैं तुम्हारे चंगुल में फँस कर अपने पति से विश्वासघात करूँ पर तुम भूल गए कि वह तुम्हारे समान राक्षस न होकर देवता थे। मन तो करता है तुम्हारे इस अधमरे शरीर को पैरों से मार-मार कर और भी अधमरा कर दूँ। पर तुम्हारे इस घृणित शरीर को छूने में भी मुझे घृणा आती है। निखिल! अगर मैं अपने पति के प्रति वफादार रही हूँ तो तुमको शाप देती हूँ कि तुम्हारे शरीर में कीड़े पड़ें। तुम इतना भुगतोगे, जिसका कोई अंत नहीं होगा। भगवान तुमको कभी माफ नहीं करेगा।'' यह कहते-कहते कि ''तुम हत्यारे हो'' वह सिसकने लगी। उसे लगा कहीं बड़ी दूर से एक बहुत धीमी आवाज आई 'झुम्मी'। उसने इधर-उधर देख जब कोई नज़र नहीं आया तो लगा उसका भ्रम हैं पर जब वही धीमी आवाज झुम्मी फिर से सुनाई पड़ी तो वह निखिल के पास आई। वह आश्चर्य में थी कि वह उसका भ्रम है या सच ही 'झुम्मी' शब्द जहाँ निखिल है वहीं से आया है। वह अपना चेहरा उन दो खुली आँखें के पास ले गई। अबकी बार 'झुम्मी' शब्द साफ पर धीमा सुनाई पड़ा। उसने पूछा तुमने झुम्मी बुलाया है। उन दो आँखों इशारे से हामी भरी। खुशी के आवेग में वह पागल-सी होकर चीखी तुम ही नीरज हो। बड़े प्यार से वह अपना चेहरा नीरज की तरफ ले गई और एक बार फिर वह प्यारी आवाज़ उसे गुदगुदा गई।

नीरज की प्लास्टिक सर्जरी से वह पहले जैसा हो गया। वीणा ने पूछा ''वह सिगरेट लाईटर निखिल के पास कैसे पहुँच गया?'' नीरज बोला 'निखिल अपना लाईटर भूल आया था। उसने मुझसे माँगा तो मैंने दे दिया। जब एक्सीडैंट हुआ तो वह उसी के पास था। फिर हँस कर बोला ''जिस अतीत की कहानी तुम बार-बार मुझे सुनाना चाहती थी वह तो निखिल समझ कर गालियाँ दे तुमने अनजाने में मुझे सुना दी। अब तो तुमको सन्तोष हो गया न पर मेरे भी कोड नाम का कमाल तुमने देख लिया न! अगर मैं तुमको 'वीणा' नाम से बुलाता तो तुम निखिल समझ कर मुझे कोसती हुई निकल जाती।

वीणा ने शरमा कर अपना चेहरा नीरज के वक्षस्थल में छुपा लिया।

काश! एक बार फिर आप मुझे मिल जाते

बीता समय कभी लौट कर नहीं आता। जीवन के अंतिम पड़ाव पर खड़ी जब मैं अतीत के पन्ने पलटती हूँ तब पश्चाताप तथा विवाद से यह मन रो उठता है। उस समय अपनी भूल खुल कर स्वीकारते हुए पश्चाताप का नैतिक साहस कितने अनैतिक कर्मियों को होता है। अहं ऐसा नैतिक साहस जुटाने ही नहीं देता। शायद यही कारण हो या कोई भी कारण हो पर इतनी बड़ी भूल तो मुझसे हो गई है।

वर्षों पुराना विगत धुल-पुछ कर आज सामने आ खड़ा हुआ है। अतीत के गर्भ में बसी भूली-बिसरी यादों को भूल पाना असान नहीं होता। जिनकी शिक्षा उस समय मुझे विष से बुझी प्रतीत होती थी आज समझ में आता है कि वह, उनका व्यवहार जीवन के कटु सत्य को उजागर करता था पर मैं मूढ़मति उसे जीवन के अंतिम क्षणों में जान पाई हूँ।

काश! वह बीते दिन लौट आते तो मैं उनके चरणों को अपने आँसुओं से सींच कर कहती "हे मेरे आदरणीय शुभचिंतकों! मुझे माफ कर दो। उस समय मेरे मन में आपके प्रति जो दुर्भावनाएँ थी उसे याद करके आज मेरा हृदय टूक-टूक हुआ जा रहा है।"

मैं मध्यम परिवार से संबंध रखती हूँ। साठ साल से ऊपर की यह बातें हैं। उस समय लड़की होना एक अभिशाप ही माना जाता था। उस पर इतने प्रतिबंध थे जिनका अनुमान आज का युवावर्ग लगा ही नहीं सकता। लड़की पिंजरे में बंद मैना के समान थी। मैना तो पिंजरे में फुदक तो सकती है पर लड़की को घर में ही यह स्वीधीनता नहीं थी। उससे डट कर काम लिया जाता था। खाना भी बचा खुचा नसीब होता था। भाइयों की थाली में तरह-तरह के व्यंजन देख मेरी आँखें भर आती थीं। मेरे पिताजी पढ़े-लिखे थे पर समाज की जंजीरों तथा संस्कारों में उन्हें बाँध रक्खा था। वे भी क्या करते, रहना तो उन्हें उसी समाज में था। यह विचार मेरा आज है पर बचपन में मैं दुखी होकर रातों में आँसुओं से अपना तकिया भिगो देती थी।

सुबह पाँच बजे मुझे उठना पड़ता था। पूरे घर में झाड़ू लगाकर नाली साफ़ करना फिर माँ की रसोई की तैयारी करके मैं भाग कर नहाने जाती तब पिताजी कहते "पहले घर में पानी भर के तब जाना।" कमर पर बड़ा हंडा रख कर मैं तीन मंजिल से पानी ढो-ढो कर लाती तब मैं फुर्ती से खाना खाकर स्कूल जाती। मेरी माँ मुझे बहुत प्यार करती थी। मेरे पिताजी जब मुझसे ढेरों कपड़े धुलवाते तब माँ से रहा नहीं जाता, वह कहती "क्या बेटी को मार डालोगे?" तब पिताजी का उत्तर होता 'पता नहीं इसे कैसा घर-बार मिलेगा। अभी से काम करने की आदत रहेगी तो इसे परेशानी नहीं झेलनी पड़ेगी।"

काम करते-करते मेरे शरीर पर माँस चढ़ने ही नहीं पाता था। एक तो मेरा कद लंबा ऊपर से मैं दुबली। जब मैं शीशे में अपनी शक्ल देखती तो सोचती ऐसे सूखे शरीर को देख कर कौन मुझसे विवाह करेगा। विवाह के प्रस्ताव आते पर पिताजी को कोई पसंद ही नहीं आता। वह चाहते थे कि ऐसा व्यक्ति हो जो खूब पढ़ा-लिखा हो तथा एक साड़ी में उनकी बेटी को ब्याह कर ले जाए। उस समय मुझे बहुत बुरा लगा था कि मेरे पिता मुझे कुछ देना नहीं चाहते हैं। पर आज सोचती हूँ कि एक साड़ी से उनका मतलब था कि किसी लालची व्यक्ति से उनकी बेटी को दुख न पहुँचे। वह दूरदर्शी थे।

बर्दमान के महाराज के छोटे भाई जो उसी समय लंदन से लौटे थे किसी से पढ़ी-लिखी लंबी लड़की, जो उनकी बिरादरी की हो विवाह करना चाहते थे। भाग्य से उनके पुरोहित पिताजी के दोस्त थे। पुरोहित जी ने पिताजी से कहा "आपकी बेटी राजरानी बनेगी आप यह संबंध स्वीकार कर लीजिए।"

पिताजी गंभीर होकर बोले "राजा के घर संबंध करके हम उनके नौकर के समान समझे जाएँगे। विवाह हमेशा अपने बराबर के पद के अनुरूप ही करना ठीक रहता है। घर के सभी सदस्य तथा मैं इस संबंध के पक्ष में थे पर पिताजी के आगे किसी की कुछ नहीं चली। हम सभी पिताजी से बहुत नाराज़ थे पर हमारे हाथ में कुछ नहीं था। इस प्रकार कई संबंध आए। मैं छब्बीस की हो चुकी थी। एम.ए. की डिग्री भी ले चुकी थी। पढ़ाई के संग-संग मुझे घर के सभी काम, जो मैं करती आ रही थी करना पड़ता था। भाग्य से एक डॉक्टर जो मुझसे दो साल बड़ा था उसकी तरफ से विवाह का प्रस्ताव आया। वह मुझे एक साड़ी में ब्याह कर ले जाना चाहता था। मैं दुबली जरूर थी पर सुंदर कम नहीं थी।

पिताजी बोले "यह डाक्टर दिन-रात व्यस्त रहेगा। अपनी पत्नी के लिए इसके पास समय नहीं होगा। मुझे यह रिश्ता मंजूर नहीं है। सभी की इच्छा थी कि यह संबंध हो जाए। डॉक्टर सुंदर तथा अच्छे परिवार का था। इसी बीच एक विधुर प्रोफेसर का प्रस्ताव आया। वह भी एक साड़ी में मुझसे विवाह के लिए राजी था। इस विवाह संबंध के लिए पिताजी फौरन राजी हो गए। घर में कोई भी इस संबंध

के पक्ष में नहीं था। पिताजी ने मुझसे पूछा भला मैं क्या उत्तर देती। मैंने कहा "आप जो उचित समझे कीजिए।" घर के सभी सदस्य एक तरफ थे और कह रहे थे ज़ब हमें कुँवारा लड़का मिल रहा है तब हम विधुर से विवाह क्यों करें पर पिताजी ने किसी की नहीं सुनी। मुझे भी दुख था कि डॉक्टर जवान सुंदर तथा कम उम्र का है पर प्रोफेसर तो उम्र में भी बड़ा तथा मामूली शक्ल-सूरत का है। पिताजी मेरे संग अन्याय कर रहे हैं।

पिताजी ने बड़े सादे ढंग से झटपट मेरा विवाह कर दिया।

मेरे पति बड़े ही सीधे-सरल स्वभाव के थे। यद्यपि हमारी उम्र में अंतर था पर उन्होंने मेरे अनुरूप अपने को ढालने की पूरी कोशिश की। मेरी ससुराल मेरठ में था पर मैं पति के संग विश्वविद्यालय में रहती थी।

पिता के घर में जितना मैंने काम किया था यहाँ उतना ही आराम था। दो-तीन नौकर थे। मैं बड़ी सुखी थी। शुरू में जब यह संबंध हो रहा था तब मुझे पिताजी पर बड़ा क्रोध आता था कि एक डॉक्टर जो मेरी उम्र का था उसे छोड़कर एक विधुर से मेरा विवाह कर रहे हैं। पर बाद में पता चला कि जीवन भर उस डॉक्टर ने अपनी पत्नी को इतना दुःख दिया कि वह कुढ़-कुढ़ कर मर गई। आज सोचती हूँ मेरे पिता कितने दूरदर्शी थे। वह कहते थे हर चीज चमकने वाली सोना नहीं होती। जो सुख-शांति मेरे पति ने मुझे दी उसकी तो मैंने कभी कल्पना भी नहीं की थी। आज पिताजी मुझे मिल जाते तो मैं उनके पैर पकड़ कर माफ़ी माँग कर कहती "पिताजी! मुझे माफ़ कीजिए। मेरे मन में आपके प्रति जो गुस्सा, दुर्भावना थी वह मेरा बचपना था। मुझे सोचना चाहिए था कि माता पिता अपने बच्चों के शत्रु नहीं होते। वह दूरदर्शी होते हैं। वह जानते हैं कि बड़ी उम्र का मनुष्य परिपक्व दिमाग का होता है। उसमें सामंजस्य बैठाने की क्षमता होती है पर बराबरी की उम्र के स्त्री-पुरुष एक दूसरे के संग सामंजस्य बैठाने में उतने सफल नहीं होते क्योंकि बराबरी का होने के कारण एक-दूसरे से अपने को ज्यादा विद्वान या अक्लमंद समझते हैं और वहीं कलह की शुरुआत हो जाती है।"

आज मुझे अपनी बड़ी बहन की भी बहुत याद आ रही है। मेरी आदरणीय बहन तुम कहाँ हो? आज तुम्हारे न रहने पर मुझे तुम्हारी दी हुई शिक्षा याद आ रही है यही सीख उस समय मुझे विष से बुझी लगी थी जब मैंने तुमसे रो-रो कर कहा था "दीदी! सभी मुझे कडुवे वचन बोलते हैं जब कि सभी से मैं मित्रता का व्यवहार करती हूँ। उनके कड़वे वचन सुन कर भी मैं पलट कर उत्तर नहीं देती। बस अकेले में रो लेती हूँ। मुझे लगता है मुझी में कुछ कमी है तभी तो लोग व्यंग्य कसते हैं। उनकी बातें सुनकर मुझे हार्दिक दुख होता है।" तब तुमने कहा था "चित्रा! तुम बड़ी भाग्यवान हो। भगवान ने तुम्हें वरदान के रूप में सहनशक्ति दी है। अगर कोई अपशब्द कहता है तो तुम्हारे में कुछ ऐसा विशेष है जो उसके

पास नहीं है। वह तुमसे जलता है क्योंकि तुममें विशेष गुण है। यही गुण उसके पास नहीं है तभी वह खीझकर अपशब्द बोलता है। तुमको तो खुश होना चाहिए।''

उस समय मैंने गुस्से से कहा था ''दीदी! जिस पर पड़ती है वही जानता है। पर उपदेश कुशल बहुतेरे! तुमको तो कोई कुछ नहीं कहता तुम क्या जानो कटूक्तियाँ कितना दुख पहुँचाती हैं।'' तब तुमने कहा था ''क्योंकि उन लोगों की नज़रों में मेरे पास कोई विशेष गुण नहीं है जिसे देख उनको जलन हो।''

उस समय तुम्हारी सीख मुझे बड़ी कड़वी लगी थी पर इस परिपक्वता की उम्र में मुझे अपना यह गुण स्पष्ट दिख रहा है। उत्तर-प्रत्युतर न देने पर आज मैं स्वयं भी सुखी हूँ और परिवार भी। कोई कुछ कहता भी है तो मैं खुश होकर सोचती हूँ मुझमें जरूर कोई विशेषता है जो उनमें नहीं है।

दीदी! आज फिर एक बार तुम मुझे फिर मिल जाती तो मेरी आँसुओं से भरी आँखें देख तुम समझ जाती कि उस समय मैंने जो दुर्वचन तुमको कहे थे उसके लिए मैं कितनी दुखी हूँ। तुम्हारी सीख ने मेरे जीवन में फूल बिखेर दिए हैं। काश! यही मनोवृत्ति उस समय मेरी होती। जिन सीखों का अनुभव मुझे जीवन के अंतिम पड़ाव पर हुआ है। मैं चाहती हूँ मेरे इस अनुभव का जीवन के प्रथम पड़ाव में लोग अनुभव कर लें तो जो मानसिक पीड़ा मुझे इस अंतिम पड़ाव में मिली है उससे वे इस पीड़ा से छुटकारा पा सकते हैं।

पैसे की हवस

डॉक्टर अविनाश अपनी छोटी-सी क्लीनिक में बैठे मरीजों का इंतजार कर रहे थे पर दूर-दूर तक कहीं कोई उनकी क्लीनिक तक आता दिखाई नहीं दे रहा था। जब डॉक्टर मायूस हो जाते तब मन बहलाने के लिए सामने के सिनेमा हाऊस में चले जाते थे।

डॉक्टर अविनाश काफी गरीब खानदान के थे। उनकी बुद्धि बड़ी तीव्र थी। लखनऊ से किसी प्रकार एम.डी. पास की। रात जब पोस्टमार्टम होता तो वह भाग कर अपने प्रोफेसर के हर काम को बहुत ध्यान पूर्वक देखते। डॉक्टर अपने फ़न में बहुत होशियार थे पर पारखी अभी तक नहीं मिला था। नए-नए डॉक्टरों को अपनी प्रैक्टिस जमाने में काफी समय लग जाता है। यही हाल डॉक्टर अविनाश का था। कभी-कभी तो क्लीनिक का किराया भी न देने की स्थिति में वह बहुत मायूस हो जाते थे। डॉक्टर केवल पाँच रुपया फीस लेते थे तब भी मरीज उनके पास नहीं फटकते थे। जब खाली बैठे रहते तो अखबार में छेद करके देखते कि कोई मरीज तो नहीं आ रहा है। पर उनकी आशा-निराशा में परिणत हो जाती। तीन साल के अंतराल में इन्होंने कुछ ऐसे मरीज ठीक किए जिनको दूसरे डॉक्टरों ने जवाब दे दिया था। इससे इनकी थोड़ी ख्याति फैली। इस बीच एक मुसलमानों के गुरु जो कलकत्ता, बम्बई सभी जगह दिखा चुके थे और उनको सभी ने जवाब दे दिया था। उनके भक्तों ने कहा कि एक बार डॉक्टर अविनाश को भी दिखा लिया जाए। करीब सौ भक्त उन्हें खटिया पर लिटा कर डॉक्टर अविनाश के पास आए। डॉक्टर ने बड़े मनोयोग से उनका इलाज किया। भगवान की कृपा से वह स्वस्थ हो गए। यहीं से डॉक्टर की तकदीर ने पलटा खाया और क्लीनिक में भीड़ उमड़ने लगी। बढ़ते-बढ़ते इनकी फीस एक सौ पचास रुपए हो गई। लक्ष्मी की ऐसी कृपा हुई कि इनका घर भरने लगा।

डॉक्टर अविनाश का विवाह काफ़ी गरीब ख़ानदान में हुआ था। क्योंकि उस समय ये भी बहुत गरीब थे। एक कमरे में बोरे का परदा लगाकर रहते थे। ज्यों-ज्यों

पैसा आने लगा इनकी पैसे की हवस बढ़ती गई। अथाह पैसा होते हुए भी कोई नौकर इनके यहाँ टिकता नहीं था। सभी को चोरी के इलज़ाम में इनकी पत्नी निकाल-बाहर करती थी। नौकर बदले जाते और आठ दस दिन काम करवा कर उनकी छुट्टी कर दी जाती ताकि पैसा न देना पड़े। रद्दी कागज और प्लास्टिक की थैलियाँ इकट्ठा करना इनकी पत्नी की आदत थी। यही नहीं सड़क बनाने के जो ईंट रखे जाते उसे यह रात को उठा कर घर में रख लेतीं। सुबह जब ईटों की पूछ-ताछ होती तो ये उस आदमी से बुरी तरह झगड़ती थीं।

डॉक्टर की कमाई पंद्रह या बीस हजार होते हुए भी डॉक्टर एक गिलास दूध पीकर क्लीनिक चला जाता था। पत्नी सोती रहती। शाम जब डॉक्टर लौटता तो सूखी रोटी नमक-नीबू के साथ उसे खाने को मिलती। डॉक्टर जब शिकायत करता तो पत्नी कहती "तुम्हारे स्वास्थ्य के लिए ही ऐसा खाना बनाना पड़ता है।"

डॉक्टर कहता "मुझे क्या हुआ है जो ऐसा खाना देती हो।" पत्नी उत्तर देती "पहले से ही स्वास्थ्य का ख्याल रखना चाहिए वरना बाद में तुम डॉक्टर होकर भी अपने को बचा नहीं पाओगे। डॉक्टर ने कहना छोड़ दिया था। अब वह हर रात जब लौटता तो पचास रसगुल्ले की हंडिया ले आता और जब मन करता खाता रहता। रात भी जब नींद खुलती तो रसगुल्ला खाना भूलता नहीं था। सुबह जब हंडिया खाली मिलती तो पत्नी तथा बच्चों से झगड़ता था।

जब चुनाव आता तो हर कार्यकर्ता से डॉक्टर की पत्नी चुनावी झंडा माँगती और चुनाव के बाद उन्हीं झंडों से गाउन बना कर पहनती। आगे भारतीय जनता पार्टी, पीछे काँग्रेस बाद में समाजवादी फिर तेलगू देशम पार्टी रहती। चारों पार्टियों का अचूक मेल दिखता था। घर में इतना रुपया रहता कि उनकी पत्नी चौकसी के लिए पागल-सी घूमा करतीं। पैसे का मोह पति-पत्नी को दिनोंदिन जकड़ता जा रहा था। ये दोनों हमेशा भयभीत रहते कि कहीं आयकर वाले न धमक पड़ें। इस बीच श्रीमती अविनाश के भाई पधारे। बहन के पास इतना रुपया देख उसे हड़पने की तिगड़म बनाई। बोले "बहन! मुझे पचास हज़ार रुपए की जरूरत है। कारखाना खोलना है। यह पैसा मैं जल्दी ही लौटा दूँगा।" यह रुपया वह डॉक्टर की जानकारी में ले गए फिर बहन से बीस हज़ार चुपचाप झटक लिए। वर्षों बीत गए पर फैक्टरी नहीं बनी। पूरा रुपया डॉक्टर का डूब गया।

डॉक्टर अपना सब रुपया बोरों में भर ऊपर से रद्दी अखबार रख देते ताकि किसी को भान भी न हो कि इसमें रुपए भरे हैं।

डॉक्टर अविनाश को तांत्रिकों तथा ज्योतिषियों पर अगाध विश्वास था। एक बार एक तांत्रिक ने कहा कि आप अपनी कुर्सी इस स्थान से मत हटाइएगा। इस कुर्सी के नीचे की ज़मीन ही आपके लिए सौभाग्य सूचक है। तब से डॉक्टर अपनी उसी छोटी-सी क्लीनिक में सौ-सौ मरीज देखते थे। डॉक्टर अविनाश को अपने

पास नगद रुपया रखने का बहुत शौक था। इतना रुपया होते हुए भी बिजली की चोरी से कोई परहेज़ नहीं था। कहीं मुफ़्त में ट्रंक कॉल करने को मिल जाए तो क्या कहना।

डॉक्टर के एक लड़की तथा दो लड़के थे। बड़ा लड़का सूरजमुखी था। इनकी बड़ी तमन्ना थी कि एक लड़का डॉक्टर बने पर पढ़ने में दोनों बेटे फिसड्डी रहे। जब दामाद खोजा तो सबको बताया पी. सी. एस. है पर निकला कुछ और ही। जिस समय बरात आई तो दुर्भाग्य से सूरजमुखी लड़का दामाद के सामने पड़ गया। एक नौकर ने व्यंग्य से मुस्करा कर कहा "यही आपके बड़े साले हैं"। दामाद साले को देख भौचक्का रह गया। सोचा क्या जाने लड़की भी ऐसी हो। डॉक्टर की बेटी काफी गोरी थी। इस कारण भी दामाद को संदेह हुआ। वह जिद कर बैठा कि विवाह नहीं करेगा। डॉ. अविनाश को काठ मार गया। डॉक्टर कोई मामूली डॉक्टर तो थे नहीं इसलिए शहर के बड़े-बड़े नामी व्यक्तियों का वहाँ जमघट था।

डॉक्टर ने दामाद को बहुत समझाया कि ऐसी बात नहीं हैं लड़की को कोई बीमारी नहीं है। बहुत मिन्नतों के बाद यह तै हुआ कि घर की स्त्रियाँ लड़की के अंग-प्रत्यंग की जाँच करेंगी तभी दामाद वरमाला डालेगा। डॉक्टर ने बहुत चाहा कि बात बाहर न जाए पर बात फैल ही गई। डॉक्टर ने बोरा भर नोट देकर दामाद को मना लिया। दामाद ने इतना पैसा देखा तो बराबर उसकी भूख पैसे के लिए बनी रही।

बड़ा बेटा सूरजमुखी होने के कारण अपनी पढ़ाई नहीं कर सका तब डॉक्टर ने छोटे बेटे पर आस लगाई। बोरा भर नोट देकर मेडिकल कॉलेज में उसका दाखिला करा दिया। बेटा चार साल तक लुढ़कता रहा तब डॉक्टर ने फिर रुपए के ज़ोर पर उसे पास करा कर अपने साथ क्लीनिक में बैठने को कहा पर वह किसी प्रकार उनके संग प्रैक्टिस करने को राजी नहीं हुआ। उसका पूरा ध्यान खाने में लगा रहता था।

डॉक्टर अविनाश ने अपने बड़े सूरजमुखी बेटे की दवा की होल सेल का धंधा करा कर उसका विवाह एक गरीब खानदान की लड़की से करा दिया। लड़की बहुत ही अच्छी थी।

डॉक्टर के पास करोड़ों रुपए थे। लोगों ने सलाह दी कि सरकार की नई स्कीम में इसकी घोषणा कर दें। पर डॉक्टर के दिमाग में यह बात समझ में नहीं आई। स्कीम का समय बीत गया और एक दिन डॉक्टर के घर में आयकर वालों का छपा पड़ा। उनका पैसा सरकार ने जब्त कर लिया। डॉक्टर ने खटिया पकड़ ली।

चार महीने बाद जब डॉक्टर अविनाश ठीक हुए तो उनकी दिनचर्या ही बदल गई। अब हुई डॉक्टर के पतन की शुरुआत। अब तक डॉक्टर का चरित्र निष्कलंक था पर ग़म भुलाने के लिए उन्होंने शराब तथा कालगर्ल का सहारा लिया। डॉक्टर

की पत्नी का तो डॉक्टर से ज़्यादा उसके पैसे से लगाव था इस कारण भी डॉक्टर पाप-पंक में डूब गया। पत्नी की सहानुभूति तथा सहारा मिलता तो यह स्थिति न आती।

जिस मनोयोग से डॉक्टर पहले मरीज देखते थे अब वह लापरवाह हो गए थे। कई केस बिगड़ जाने से उनकी ख्याति भी गिरती जा रही थी।

एक दिन उनकी क्लीनिक में एक बहुत खूबसूरत लड़की ने प्रवेश किया। डॉक्टर थोड़ी देर उसकी सुंदरता निहारते रहे। डॉक्टर को अपनी तरफ आकर्षित देख लड़की मुस्कराई। यह लड़की एक ऊँचे दर्जे की कालगर्ल थी। डॉक्टर के पास पैसों की कमी नहीं है यही सोच कर वह उनसे रकम ऐंठने के विचार से आई थी। उसे कोई खास बीमारी नहीं थी फिर भी वह डॉक्टर को दिखाने आई थी। डॉक्टर ने यह भी नहीं सोचा कि यह लड़की उसकी स्वयं की लड़की की उम्र की है। वह भूल गया कि वह प्रौढ़ हो चुका है पर सुंदरता ऐसी चीज है जो बूढ़े से बूढ़े का मन भी चलायमान कर देती है।

लड़की ने दवा ली और पूछा, ''अब कब आऊँ। डॉक्टर ने कहा, ''मैं ठीक से तुम्हारी जाँच करना चाहता हूँ। दो बजे के बाद कोई मरीज़ नहीं आता तुम उसी समय आ जाना।''

दूसरे दिन वह लड़की आई। डॉक्टर अंदर ले गया। थोड़ी देर बात हुई फिर डॉक्टर ने उसे एक होटल में आने को कहा। लड़की राजी हो गई।

काफी दिनों तक उस लड़की ने डॉक्टर से पैसा खींचा। अब डॉक्टर को नई-नई लड़कियों से संबंध बनाने की लत पड़ गयी थी। वह बड़े-बड़े होटलों में जाता और कालगर्ल बुलवाता। पैसे की डॉक्टर के पास अभी भी कमी नहीं थी। मरीज़ों का उस पर अटूट विश्वास था।

डॉक्टर जब भी होटलों में जाता और कालगर्ल बुलवाता तो कमरे में एकदम अंधेरा रखता था। वह अपनी शक्ल लड़की को दिखा कर बदनाम नहीं होना चाहता था। वह जानता था कि किसी कारणवश लड़की ने उसका नाम ले लिया तो घर में बेटों, पत्नी तथा समाज में उसे काफी नीचा दिखना पड़ेगा। समाज में डॉक्टर का बहुत मान था। अभी तक उसके चरित्र पर किसी ने उँगली नहीं उठाई थी। वह खुल कर लड़कियों पर पैसा खर्च करता। पर पत्नी के पैसा माँगने पर उसे झिड़क देता था। बड़े बेटे की जो आमदनी होती वह अपने तथा पत्नी, बच्चों पर खर्च करता। छोटा बेटा तथा उसकी पत्नी दिन भर डॉक्टर को गालियाँ देते पर अब डॉक्टर भी ढीठ हो गया था।

एक दिन डॉक्टर की बेटी घर आई और रोती हुई डॉक्टर से बोली, ''पापा! जब से मेरा विवाह हुआ है मुझे पति का सामीप्य नहीं मिला है। अब तक मैं चुप थी कि आपको सुन कर दुःख होगा पर अब सहन नहीं होता।''

डॉक्टर बेटी को कुछ ज़्यादा ही प्यार करता था। उसने बेटी को काफ़ी रुपए दिए और कहा कि वह दामाद से बात करेगा।

डॉक्टर ने काफी नर्म शब्दों में दामाद से कहा "बेटा! अपनी पत्नी को भी कुछ समय दिया करो।"

दामाद चिढ़ कर बोला, "मैं सब काम छोड़कर दिन भर आपकी बेटी की सेवा में जुटा रहूँ। बेटी इतनी प्यारी है तो अपने घर ले जाइए।"

मायूस हो डॉक्टर लौट आया। बेटी का दुःख डॉक्टर से देखा नहीं जाता था। उसका गिरता स्वास्थ्य और मलीन चेहरा देख डॉक्टर परेशान रहने लगा। घर में पत्नी की उपेक्षा, छोटे बेटे का निखट्टू होकर घर बैठना भी उसे खाए जा रहा था। ग़म भुलाने के लिए उसने शराब की मात्रा बढ़ा दी थी। अब डॉक्टर बड़े-बड़े होटलों में शराब तथा कालगर्ल के संग रात बिता कर अपने ग़म को ग़लत करता था। पैसे का अभाव डॉक्टर को नहीं था। इस कारण भी शराब तथा कालगर्ल का व्यसन कम नहीं हो रहा था। एक तो अधिक उम्र ऊपर से नशा तथा स्त्री सम्पर्क से उसका स्वास्थ्य गिरता जा रहा था।

एक दिन कुछ अधिक पीकर वह होटल में पहुँच गया और कालगर्ल की फ़रमाइश की। कमरे में अंधेरा था। लड़की ने कमरे में प्रवेश किया। डॉक्टर बोला "रोशनी मत जलाना। मुझे अंधेरा पसंद है। शराब ज़्यादा पीने के कारण उसकी जुबान लड़खड़ा रही थी। लड़की चुपचाप कमरे में घुस आई और दरवाजा बंद कर दिया। आध घंटे बाद लड़खड़ाते हुए डॉक्टर ने जेब से नोट निकाल कर लड़की को दिए और कहा "बस अब जाओ"।

यकायक लड़की की अंगूठी गिर गई। अंगूठी कीमती थी। अंधेरे में जब उसे अंगूठी दिखाई नहीं पड़ी तो उसने सोचा एक सेकेंड के लिए बिजली जला कर वह उसे ढूँढ कर चली जाएगी। लड़की ने झटके से बिजली जला दी। कमरे में ट्यूब लाइट की तेज़ रोशनी चमक उठी। डॉक्टर ने सामने खड़ी लड़की को देख कर एक चीख मारी फिर वह अपना सीना दबा कर गिर पड़ा। उसके प्राण-पखेरू उड़ गए थे। लड़की उसकी प्यारी बेटी थी।

थोड़ी देर लड़की पत्थर की मूर्ति के समान खड़ी रही। फिर दोनों हाथों से चेहरा छिपा वह सिसक पड़ी। पति का सामीप्य न पाने से बेटी कालगर्ल बन गई थी। थोड़ा चैतन्य होते ही एक संकल्प की दृढ़ रेखा उसके चेहरे पर तैर गई। जिस आदमी द्वारा वह बुलाई जाती थी उसके पास जाकर पागलों के समान सपाट चेहरे से वह बोली, "वह मर गया है"। यह कह कर वह मुँह ढ़ाप कर भाग खड़ी हुई। ग्लानि, पश्चाताप के भाव उसके चहेरे पर निहित थे। घर पहुँच कर उसने ढेर-सी नींद की गोलियाँ निकाल कर पानी के संग निकाल लीं फिर वह बिस्तर पर लेट गई कभी न जगने वाली नींद से।

नाजायज

मैं कौन हूँ? कौन मेरे माता-पिता है किस शहर से लाकर मुझे यहाँ फेंका गया है? यह सब नहीं जानती। बस इतना जानती हूँ कि इस बुढ़िया की झोंपड़ी के बाहर जनवरी की सर्दी में पड़ी मैं एक लड़की हूँ जिसे लोग नाजायज औलाद कहते हैं। यही मेरा नाम है और लोग इसी नाम से मुझे जानते हैं। यह कितना घृणित शब्द है। अब जब से मैंने होश सँभाला है तब से इस शब्द का मतलब समझ कर शर्म से मेरी गर्दन झुक जाती है। अगल-बगल के झोंपड़पट्टी में रहने वाले बच्चे तक मेरी तरफ देखकर व्यंग्य से पूछते हैं तेरे माँ बाप कौन हैं? उस समय मेरे दिल पर क्या बीतती है वह मैं व्यक्त नहीं कर पाँऊगी। कभी सोचती, कहाँ चली जाऊँ कि इस शब्द से मुझे मुक्ति मिले। अपनी सुंदरता को देख इतना तो मैं समझ गई हूँ कि मैं किसी समृद्ध परिवार का पाप हूँ क्योंकि मेरा गोरा रंग, कटीली आँखें, तीखे नैन-नक्श यहीं कहते थे कि मैं किसी सभ्य सोसायटी की स्त्री का पाप हूँ जिसे उसने अपनी दो घड़ी की मौज के लिए किया होगा फिर मुझे जिंदगी भर के लिए नर्क में झोंक वह पल्ला झाड़ अलग हो गई होगी। अब वह फिर से अपने सभ्य समाज में पाक होकर तितली के समान उड़ती होगी। क्या पता न जाने कितनी बार उसने मेरे जैसी नाजायज औलादें रात के अंधेरे में जनवरी की सर्दी में फेंकी होगी। आश्चर्य है इतनी ज़्यादा सर्दी में भी हम जैसी औलादें मरती नहीं हैं, बल्कि जीवनपर्यंत घुट-घुट कर मरती हैं।

जिस बुढ़िया ने मुझे रात के अंधेरे में उठाकर कलेजे से लगाया था वही मेरी ममतामयी माँ है। उसने अपने भरसक मुझे सभी सुख देकर भी मेरे नाजायज नाम को मिटा नहीं पाई। उसने आधा पेट खाकर मुझे बड़े प्यार से पाला। मैं भी उसे बहुत प्यार करती हूँ, उसका बहुत सम्मान करती हूँ और उसे उन दुःखों के बदले जो उसने मुझे पालते वक्त झेले हैं, इतना सुख देना चाहती हूँ कि वह पिछले सब दुःख भूल जाए। मैं सोलह साल की हो गई हूँ। जैसा कि मैं कह चुकी हूँ मैं अद्वितीय सुंदरी थी। इस कीचड़ में मैं कमल समान थी, अपने चारों तरफ

गुंडे-मवालियों के बीच रहते हुए भी मैं अपने को बचाए हुए थी। संगीत से मुझे बहुत प्रेम था। जब भी रेडियो में कोई गाना बजता मैं उसकी सटीक नकल उतार लेती थी। अपने रूप के प्रति मैं कम जागरूक नहीं थी। मैं जानती थी इसी रूप के कारण मैं पतन के गड्ढे में भी गिर सकती हूँ और अगर सावधान रही तो नाम भी पैदा कर सकती हूँ।

हमारी झोपड़ी के पास की झोपड़ी में एक लड़की का विवाह था। मेरी माँ ने मुझसे गाने के लिए कहा। मैं भी मूड में थी। मैंने गाया और खूब गाया। तालियों से झोपड़ी गुंजरित हो उठी। शर्म से मेरे गाल लाल हो गए और झोपड़ी के बाहर खड़ा एक सुदर्शन व्यक्तित्व का व्यक्ति मुस्करा उठा।

दूसरे दिन वह व्यक्ति मेरी माँ के पास आकर बोला "मैया! कल तुम्हारी बेटी का मैंने गाना मैंने सुना था। वह बहुत अच्छा गाती है। मैं उसे अच्छी नौकरी दूँगा। इससे तुम्हारी गरीबी भी दूर हो जाएगी और उसकी कला में निखार भी आ जाएगा।

मेरी माँ दुनिया देखे हुए थी। वह बोली मेरी बेटी नाजायज औलाद है। अब मैं और नाजायज औलादों का ढेर इस संसार में नहीं लगाना चाहती। मैं उसका विवाह करके उसे स्वच्छ जीवन दूँगी।

वह व्यक्ति बोला मेरा नाम अविनाश हैं। मैं फिल्म बनाता हूँ। तुम्हारी बेटी को थोड़ी ट्रेनिंग देकर मैं उसे सफल अभिनेत्री बनाना चाहता हूँ। मुझे उसकी आबरू से नहीं खेलना है। अगर स्त्री दृढ़ कर ले तो कोई भी पुरुष उसकी उँगली छूने की हिम्मत नहीं कर सकता। मेरा विश्वास कीजिए। मैं बुरा आदमी नहीं हूँ। मैं आपको बीस हज़ार रुपए दे रहा हूँ। आप चाहे तो किसी गोरखा बंदूकधारी को अपनी बेटी की हिफाज़त के लिए रख सकती हैं। आपके लिए मैंने एक मकान भी रखा है। आप अपनी बेटी के संग मुझ पर विश्वास हो तो चलिए।

माँ ने सोचा इस गंदगी में किसी भी दिन ये गुंडे-लफंगे लोग उसकी बेटी की अस्मत से खेल सकते हैं। खतरा दोनों तरफ है फिर क्यों न इस आदमी की बात मान ली जाए। माँ ने मुझसे कहा "बेटी! तुझे सावधान रहना है। तू अपनी कला को बेचना पर अपने शरीर पर आँच मत आने देना।"

मुझे भी वह आदमी भला लगा। फिर गरीबी से मैं भी तंग आ गई थी। जीवन में कुछ करके दिखाने की ललक भी थी। हम माँ-बेटी अपनी झोपड़ी को छोड़ उस आदमी ने जो मकान दिया था उसमें आ गए।

अविनाश ने मेरे लिए नाच तथा गाने के शिक्षक का प्रबंध किया। तैरना, घुड़सवारी, पिस्तौल चलाना सभी गुण जो एक सफल अभिनेत्री में होने चाहिए सभी मुझे सिखाए गए। अंग्रेजी, हिंदी की शिक्षा का भी उसने प्रबंध किया। एक स्त्री द्वारा मुझे सभ्य समाज के तौर-तरीके सिखाए गए। चूँकि मैं कुछ करके दिखाना

चाहती थी, इस कारण मेहनत तथा लगन से सभी काम करती थी। अविनाश ने कभी भी बुरी नजर से मुझे नहीं निहारा। मैं भी उनका सम्मान करती थी, वैसे भी वह मुझसे बारह साल बड़े थे।

छह महीने के अथक परिश्रम के पश्चात मैं सभी गुणों में पारंगत हो गई। एक्टिंग के लिए मुझे ज्यादा परिश्रम नहीं करना पड़ा। ऐसा लगा वह मैं घुट्टी में पीकर आई हूँ। एक दिन एक बड़े समारोह में बड़ी-बड़ी हस्तियों से मेरा परिचय कराया गया। एक तो मैं सुंदर ऊपर से सौंदर्य प्रसाधनों तथा कीमती जेवरों और कपड़ों में मेरा रूप दमक उठा। मेरे बोलने तथा अदाओं से कोई स्वप्न में भी नहीं सोच पाता होगा कि मैं झोपड़पट्टी में रहने वाली एक नाजायज औलाद हूँ। हर कोई मुझे मंत्रमुग्ध सा निहार रहा था।

एक दिन अविनाश ने मुझसे पूछा, 'आपका नाम क्या है यह मैं आज तक जान नहीं पाया।'' मेरी आँखें भर आईं। मैंने कहा ''अभी तक तो मुझे लोग एक ही नाम से जानते हैं और वह है नाजायज अब आप जो नाम चाहें रख लीजिए।''

अविनाश ने मुझे सांत्वना देते हुए कहा ''भूल जाइए अपने अतीत को। आज से फिल्म जगत में आपका नाम उर्वशी होगा। आपके रूप के अनुरूप ही मैंने यह नाम चुना है।''

लज्जा से मेरे गाल लाल हो गए। मैंने उनकी तरफ श्रद्धा से देखते हुए कहा ''आज जो भी मैं हूँ वह आपकी कृपा से। आपका इतना बड़ा अहसान मैं जीवन में चुका नहीं पाऊँगी। एक झोंपड़पट्टी में रहने वाली लड़की को आपने जमीन से उठा आसमान पर बैठा दिया है। भगवान से प्रार्थना है वह आपके जीवन में फूल बिखेर तथा काँटे मुझे दे दे।''

अविनाश हँसकर बोले ''आपका आशीर्वाद सिर माथे पर पर मेरा भी एक आशीर्वाद है कि आपकी राह में काँटे नहीं फूल बिछे होंगे और जीवनपर्यन्त आप उन्हीं फूलों पर चलेंगीं। कल से हम फिल्म की शुरुआत कर देंगे। फिल्म का कथानक तथा नाम मैंने सोच लिया है।

मैंने उत्सुकता से पूछा ''आपने क्या नाम सोचा है।'' अविनाश गंभीर स्वर में बोले ''इस फिल्म का नाम नाजायज़ होगा।''

मेरी आँखों से आँसुओं का सैलाब उमड़ पड़ा। मैंने कहा ''आप मेरे पिछले जीवन की याद क्यों दिलाते हैं। बड़ी मुश्किल से मैं उन दिनों को भुलाने की कोशिश कर रही हूँ। अविनाश बोले ''उर्वशी! इस नाम पर तुम्हारे जैसा अभिनय कोई दूसरी लड़की कर ही नहीं सकती। जो दुःख, परेशानियाँ व्यंग्य बाण तुमने झेले हैं उसका सच्चा विश्लेषण तुम्हारे समान कोई नहीं कर पाएगा। तुम भुक्तभोगी हो। देखना यह फिल्म अत्यंत शिक्षाप्रद होगी। इस सड़े-गले समाज को इसी प्रकार की फिल्में बनाकर दिखाई जाएँ ताकि वह इसका अंजाम देख शिक्षा ग्रहण करे। मैं अभी से

कह सकता हूँ कि यह फिल्म सभी पिछली फिल्मों का रिकार्ड तोड़ गोल्डन जुबली मनाएगी। हमारा ध्येय केवल पैसा कमाना ही नहीं होना चाहिए, बल्कि समाज के ऐसे लोगों को बेनकाब करना है जो आधुनिकता का मुखौटा ओढ़े जीवन के गहरे यथार्थ से दूर हैं। इनके दो मुखौटे हैं। कौन-सा मुखौटा किस समय सक्रिय हो जाता है यही हमें दिखाना है तथा नारी जीवन से जुड़ी त्रासदी के कटु यथार्थ को मूर्तिमान करना तथा नारी जीवन के अंधकार का परत दर परत खुलासा करना ही हमारी फिल्म का ध्येय होना चाहिए।

उर्वशी ने अविनाश के उच्च विचारों के आगे अपने को बहुत बौना महसूस किया। वह अविनाश से बोली ''आपके विचार बहुत ही ऊँचे हैं। मैं अपने भरसक पूरा प्रयत्न करूँगी कि फिल्म सफल हो। आपको जरा भी शिकायत का मौका मैं नहीं दूँगी।''

चार महीने के कठिन परिश्रम के पश्चात फिल्म 'नाजायज' कई सिनेमाघरों में लग गई। बड़े-बड़े पोस्टरों में उर्वशी की फोटो देख भीड़ उमड़ी पड़ रही थी। जो भी फिल्म देखकर निकलता वह तारीफों के पुल बाँध देता। अखबारों में इस फिल्म की समीक्षा पढ़ लोग देखने को बेताब हो गए। एक नाजायज औलाद को क्या-क्या सहना पड़ता है कैसे-कैसे व्यंग्य बाणों का सामना पड़ता है इसका बड़ा ही सुंदर चित्रण इस फिल्म में किया गया था। इतनी शिक्षाप्रद साफ-सुथरी फिल्म पहली बार फिल्म जगत में आई थी। इस फिल्म ने गोल्डन जुबली मनाई। इस फिल्म से उर्वशी को पैसा और शोहरत दोनों ही मिली।

बुढ़िया की तो खुशी का ठिकाना नहीं था। अब वह उर्वशी का विवाह कर उसका घर बसाना चाहती थी। उर्वशी से विवाह करने के लिए बड़े-बड़े लोग लालायित थे। उर्वशी माँ से बोली ''माँ अभी मैं और फिल्मों में काम करके पैसा इकट्ठा कर लूँ तभी विवाह के बारे में सोचूँगी। मैं केवल अविनाश की फिल्म में ही काम करूँगी किसी और निर्माता की फिल्म में काम नहीं करूँगी।''

अविनाश ने समझाया कि उर्वशी इस समय काफी निर्माता तुम्हें हाथों हाथ ले रहे हैं। तुम इस समय जितना कमा सको कमा लो।

उर्वशी ने कहा ''अविनाश जी! पैसा ही संसार में सब कुछ नहीं होता। जिस कार्य को करने में प्रसन्नता तथा शांति मिले वही करना चाहिए।'' अविनाश निरुत्तर हो गए।

एक दिन एक बहुत ही सुंदर युवक उर्वशी से मिलने आया। वह उर्वशी का बहुत बड़ा फैन था। उसके व्यक्तित्व तथा बातचीत करने के ढंग से उर्वशी प्रभावित हो गई। उस युवक का नाम सोमेश था। वह एक करोड़पति का बेटा था। अब सोमेश रोज उर्वशी से मिलने आने लगा। पता नहीं कैसे उर्वशी भी उसकी तरफ आकर्षित होती गई। अविनाश मूक दर्शक बना सब देखता रहा। कभी-कभी

वेदना की गहरी लकीरें उसके चेहरे पर व्याप्त हो जातीं पर जल्दी ही वह सँभल जाता। वह उर्वशी पर किए अहसान का प्रतिदान माँगना छोटापन समझता था। उर्वशी उसके बारे में क्या सोचती है यह वह कभी समझ नहीं पाया। जिस सुगंधित फूल के पेड़ को उसने सींचा, उसकी रखवाली की इस आस से कि उसकी महक से उसका घर महक उठेगा। वही फूल का पेड़ दूसरे के घर में बिना सींचे ही सुगंधित करने जा रहा है। वह सोचता लोगों की रातें अंधेरी होती हैं पर मेरा तो दिन भी अंधेरा होने वाला है। उसे लगता जिंदगी की रेत उसकी मुट्ठी से झड़ कर खत्म होने जा रही है बस चंद जर्रे और बचे हैं उसकी मुट्ठी में फिर खाली-रीती। उर्वशी अविनाश के निर्मल प्रेम का अजस्त्र स्रोत नहीं देख पाई। उसने कभी भी अपने को अविनाश के योग्य नहीं समझा था। वह देवता के समान उसे पूजती थी। अपने देवता को वह कलंकित करना नहीं चाहती थी। वह उसके मूक प्रेम को समझ भी नहीं पाई।

एक दिन सोमेश गंभीर होकर उर्वशी से बोला "उर्वशी! मैं तुम्हें बहुत प्यार करता हूँ। तुम्हारे संग विवाह जैसे पवित्र बंधन में बँधना चाहता हूँ। मैं नहीं चाहता कि हमारे बारे में विवाह से पहले मिलने पर कोई उंगली उठाए। मेरे माता-पिता भी यही चाहते हैं।"

उर्वशी बोली "ठीक है मैं माँ से पूछकर उत्तर दूँगी," पर उसे लग रहा था कि जितनी खुशी उसे होनी चाहिए वह क्यों नहीं हो रही है। एक हल्की सी कसक उसके हृदय में क्यों उठ रही है। उसने पहले माँ से पूछना उचित समझा।

उर्वशी माँ के पास आकर बैठ गई। उसे गंभीर देख माँ बोली "बेटी! क्या बात है आज तू चिंतित दिख रही है।

उर्वशी बोली "माँ! सोमेश मुझसे विवाह करना चाहता है। आपकी क्या राय है। मुझे यह विवाह करना चाहिए या नहीं।"

माँ बोली "बेटी! और सब तो ठीक है पर वह तुझसे एक साल छोटा है इसके अलावा तूने अपने जन्म के बारे में उसे बताया है या नहीं अगर नहीं बताया हो तो बताकर उसके माता-पिता कि क्या प्रतिक्रिया होती है। उसी को देखते हुए हमें विवाह के लिए सोचना चाहिए।"

उर्वशी बोली "जहाँ तक उम्र का सवाल है उनका कोई फर्क नहीं पड़ता। मेरे जन्म के बारे में मैं उनको बता चुकी हूँ उनको कोई आपत्ति नहीं है।

माँ बोली "बेटी! तब यह विवाह जल्द से जल्द हो जाना चाहिए। मैं तेरे हाथ पीले कर तभी मरना चाहती हूँ।"

उर्वशी ने सोमेश को विवाह की सहमति दे दी। खुशी के मारे वह बौरा-सा गया। उर्वशी जैसी पत्नी पाने की तो उसने स्वप्न में भी कल्पना नहीं की थी।

उर्वशी ने अपने विवाह के बारे में अविनाश को बता दिया पर इस खबर से

उसके चेहरे पर आई विषाद की रेखा वह पढ़ नहीं पाई।

दोनों ओर से बड़ी धूमधाम से तैयारियाँ होने लगी। विवाह की पूरी जिम्मेदारी अविनाश ने अपने ऊपर ले ली। ऊपर से वह खुशी जाहिर कर रहा था पर उसका मन रो रहा था। उर्वशी के विवाह की खबर सभी अखबारों में जोर-शोर से प्रकाशित हो रही थी। बड़ी-बड़ी हस्तियाँ इस विवाह में शरीक होने आई थीं। विवाह स्थल की सजावट देखने योग्य थी। पेड़ों पर रंग-बिरंगे बल्ब अनुपम छटा दिखा रहे थे। गुलाब तथा बेला-चमेली के फूलों की सुगंध पूरे वातावरण को सुगंधित कर रही थी। एक से एक सुंदर वस्त्रों में सजे स्त्री-पुरुष एक दूसरे से होड़ ले रहे थे। बाहर शहनाई के मशहूर वादक शहनाई बजा रहे थे। उर्वशी जब सखियों के संग सज कर निकली तो ऐसा लगा इंद्र की उर्वशी ही इस पृथ्वी पर उतर आई हो। लोग मुग्ध दृष्टि से उसे निहारने लगे। फोटोग्राफर फोटो लेने के लिए वर-वधू को घेर कर खड़े हो गए। सोमेश का चेहरा गर्व से चमक रहा था। उसके माता-पिता खुशी से फूले नहीं समा समा रहे थे। यकायक उर्वशी की माँ मुस्कराती हुई उर्वशी के पास आकर बैठ गई।

उर्वशी की माँ को देख सोमेश की माँ गिरते-गिरते बची। उसके मुँह से एक चीख निकली "यह विवाह नहीं हो सकता।" सभी आवाक एक दूसरे का मुँह देखने लगे। सोमेश की माँ उर्वशी की माँ से बोली "मैं आप दोनों से एकांत में बात करना चाहती हूँ। एक कमरे में सोमेश, उसके माता-पिता, उर्वशी तथा उसकी माँ आ गए।

उर्वशी की माँ को सामेश की माँ पहचान गई थी। यह वही वृद्धा थी, जिसकी झोंपड़ी के द्वार पर वह अपनी बेटी को रख गई थी। उसने एक बार इस वृद्धा की सहायता भी की थी। उसे पता था कि यह वृद्धा अकेली रहती है। उसने वृद्धा की तरफ देख कर पूछा "सच कहना क्या उर्वशी तुम्हारी बेटी है? जहाँ तक मुझे पता है तुम्हारे कोई औलाद नहीं थी।"

उर्वशी की माँ बोली "मैंने पहले ही आप लोगों को बता दिया था कि करीब उन्नीस-बीस साल पहले कोई इसे मेरे दरवाजे पर जनवरी के घोर जाड़े में फेंक कर चला गया था। मैंने इसे बेटी मानकर पाल-पोस कर बड़ा किया। यह सब बातें तो उर्वशी आपको विवाह के पहले बता चुकी है। फिर आप ऐंसे प्रश्न अब क्यों कर रही हैं।

सोमेश की माँ बोली "क्या आपको झोंपड़ी के द्वार पर काफी रुपए रखे भी मिले थे?"

उर्वशी की माँ बोली "हाँ मुझे वह रुपए मिले थे और उसी रुपयों से हमारे कई वर्ष आराम से कट गए थे। इसके बाद मैंने आधा पेट खाकर इसकी परवरिश की।"

सोमेश की माँ की आँखों से अविरल आँसू गिरने लगे। कुछ देर रूक कर वह सोमेश से बोली "बेटा! यह तेरी सगी बहन है। बचपन में तू मुझसे पूछा करता था, माँ! सबकी बहन होती है मेरी क्यों नहीं है। राखी के त्यौहार पर सबकी बहनें राखी बाँधती हैं। भैयादूज पर टीका लगाती हैं पर मुझे न कोई टीका लगाता है और न राखी बाँधता है। मेरी भी बहन होती तो कितना अच्छा होता।' तुझे याद होगा कि मेरी आँखें भर आती थीं। मैं कहती थी 'बेटा! तेरी भी बहन थी वह खो गई है।" सोमेश बोला हाँ माँ! मुझे सब याद हैं।

सोमेश की माँ बोली आज मैं आप सबके सामने अपनी करुण कथा सुनाती हूँ। मैं और तुम्हारे पिता एक-दूसरे को बहुत प्यार करते थे। एक क्षणिक गलती से मैं गर्भवती हो गई। तेरे दादा-दादी पुराने विचारों के थे। वह विवाह से पहले गर्भवती लड़की से कभी विवाह नहीं करने देते। हम दोनों गर्भपात नहीं करवाना चाहते थे। कौन माता-पिता होंगे जो अपने खून को मारना चाहेंगे। हम दोनों तुझे जनम देना चाहते थे। इसके बाद किसी बहाने से हम तुझे घर ले आते यही तय हुआ था। तेरा जन्म होने पर मैंने तुझे अपनी सहेली के पास छोड़ दिया और कहा कि जल्दी ही मैं अपनी बेटी को ले जाऊँगी। हमारा विवाह हो गया। अभी हम तुझे लाने को सोचते ही कि तेरे दादा-दादी हमें लेकर विदेश जाने को तैयार हो गए। हमने बहुत बहाने बनाए पर वह किसी प्रकार हमें छोड़ने को राजी नहीं हुए। मैं भागी-भागी अपनी सहेली के पास पहुँची। वहाँ पता चला कि मेरी सहेली की मौत हो गई है और वह एक बच्ची छोड़ गई है। अब मैं घबरा गई कि इतनी जल्दी में अपनी बच्ची को कहाँ रखूँ। मैं बच्ची को लेकर लौट पड़ी और कोई उपाय न देख इनकी झोंपड़ी के द्वार पर तुझे रखा गई। इनको मैं पहले से जानती थी। मैं यह भी जानती थी कि गरीबों का दिल बहुत बड़ा होता है। यह स्त्री मेरी बच्ची को किसी प्रकार पाल लेगी और जब भी हमें मौका मिलेगा हम अपनी बच्ची को ले जाएँगे। मैं घर पहुँच गई और तेरे पिता को सब बता दिया। हम दोनों ही तुझे छोड़कर कभी सुख की नींद नहीं सो पाए। तेरे दादा-दादी ने हमें हिंदुस्तान आने ही नहीं दिया। उनकी मौत के बाद हम हिंदुस्तान आए और सबसे पहले हम उसी झोंपड़ी में गए जहाँ तुझे छोड़ा था। वहाँ पता चला कि वह वृद्धा अपनी बेटी को लेकर कहीं चली गई है। इतने वर्षों बाद हम तुझे पहचान भी कैसे पाते। तेरे जन्म के बाद सोमेश का जन्म हुआ। हमने उस स्त्री को खोजने की बहुत कोशिश की, जिसकी झोंपड़ी के द्वार पर मैं तुझे छोड़ आई थी। क्योंकि उसी के द्वारा ही हमें तेरा पता चलता पर उसका कहीं पता नहीं चला। बेटी हमें माफ कर दे। हमारे कारण तुझे बहुत कष्ट उठाने पड़े। यह कह कर जैसे ही साममेश की माँ उर्वशी को हृदय से लगाने को बढ़ी उर्वशी चीख पड़ी "तुम मेरी माँ नहीं हो मेरी माँ तो यह है, जिन्होंने रातों जागकर आधा पेट खाकर मुझे इतना बड़ा किया है। तुमने

तो मुझे यह घृणित नाजायज नाम देकर छोड़ दिया था। मुझसे पूछो मैंने कैसे लोगों के व्यंग्य बाण तथा खिल्ली उड़ाना सहा है। मैं रातों रोती थी जब लोग मुझे हराम की औलाद कहते थे। आपने अपनी दो घड़ी की मौज के लिए मुझे दोज़ख की आज में जलने को झोंक दिया था। जिस परिस्थिति में मैं जी रही थी अगर अविनाश जी मुझे संरक्षण न देते तो आज मैं गुंडे-मवालियों की भूख का शिकार हो नाजायज औलादों को जन्म देती या किसी कोठे पर बैठाई जाती। इस दुनिया में आप जैसे निष्ठुर भी रहते हैं और अविनाश जी जैसे दयालु भी, जो किसी का जीवन सँवार कर उसका प्रतिदान तक नहीं माँगते। मेरे लिए वह देवता सदृश्य हैं। मैं उनको पूजती हूँ और आपको हृदय से कोसती हूँ। मेरा रिश्ता तो आप लोगों से उसी दिन खत्म हो गया था जिस दिन आप मुझे फेंक कर चले गए थे। अब यही मेरी ममतामयी माँ है।'' यह कहकर वृद्धा के गले लगे उर्वशी सिसक पड़ी।

वृद्धा बोली ''बेटी! गलती मनुष्य से होती है और जो अपनी गलती मान ले वह गलती नहीं रह जाती। इनकी मजबूरी भी थी। ये तुम्हारे माता-पिता तथा भाई हैं। खून का रिश्ता इतना कच्चा नहीं होता कि जब चाहे तोड़ दिया जाए।''

इतने में कई लोग हड़बड़ा कर कमरे में घुस कर बोले ''आप लोग जल्दी चलिए पंडित जी कह रहे हैं कि विवाह की साइत निकली जा रही है।'' सामेश ने बड़े प्यार से अपनी बड़ी बहन उर्वशी का हाथ पकड़ा और बोला ''दीदी! जल्दी बाहर चलो, दूल्हे राजा आपका इंतजार कर रहे हैं शायद इसने अविनाश की आँखों की भाषा पढ़ ली थी। उर्वशी कुछ समझ नहीं पाई और यंत्रचलित सी बाहर आई।

अविनाश के हाथों में जयमाला देकर सामेश हँस कर बोला ''जीजा जी! जल्दी कीजिए, कहीं दीदी रफूचक्कर न हो जाए।''

स्तब्ध अविनाश ने मूर्खों के समान ताकते हुए जयमाला उर्वशी के गले में डाल दी। इसके बाद सामेश ने बहन के हाथों में माला देकर कहा ''दीदी! जल्दी कीजिए, मेरे पेट में चूहे कूद रहे हैं।''

उर्वशी ने अनुराग रंजित नेत्रों को एक बार ऊपर उठाकर जयमाला अविनाश के गले में डाल दी और अविनाश की आँखों में हजारों तारे झिलमिला उठे। उसे लगा जैसे तपते रेगिस्तान में गुलाबों का बाग लहलहा उठा हो।

कुदरत का खेल या त्रिशंकु

विश्वविद्यालय में भौतिकी के क्लास में लड़के एकाग्रचित हो प्रोफेसर गुप्ता का व्याख्यान सुन रहे थे। प्रोफेसर गुप्ता का व्यक्तित्व बड़ा ही गंभीर था। उनका गोरा रंग, सुगठित शरीर तथा आँखों में विद्वत्ता की ऐसी चमक थी जो लड़कों को मुग्ध कर देती थी। उनके क्लास में न तो लड़के शोर मचाते थे और न ही शरारतें करते थे। भौतिकी में उनके टक्कर के विद्वान उँगलियों पर गिने जाते थे। लड़के उनका बहुत सम्मान करते थे यह देख दूसरे अध्यापक कुढ़ जाते थे।

प्रोफेसर गुप्ता को हमेशा अध्ययन में जुटे ही पाया जाता था। दीन-दुनिया से बेखबर वह अपनी लाइब्रेरी में बैठे रहते थे। नौकर पुराना था, बार बार उनको भोजन की याद दिलाता तब वह उठते थे। चाय ठंडी हो जाती पर उन्हें पीने की सुध नहीं रहती। उनका कोई अभिन्न मित्र नहीं था। वैसे भी गपशप करने का उनके पास समय ही कहाँ था। उनके सारगर्भित लेख विदेशों में सम्मान प्राप्त कर चुके थे। दस-पन्द्रह बार विदेशों में उनके व्यख्यान हो चुके थे। उनकी ख्याति दिनोंदिन बढ़ती जा रही थी। क्लास में लड़कियाँ उनको देख आह भर कर एक-दूसरे से कहतीं "हम सब एक से एक बढ़कर सुंदर हैं पर सर ने कभी भी अनुराग भरी दृष्टि हम पर नहीं डाली। लगता है उनका दिल पत्थर का है। हमेशा गंभीरता की चादर ओढ़े रहते हैं।" रेणु जो क्लास की सबसे शरारती लड़की थी बोली "अरे यार! एक बार मैंने सर से कहा 'सर! मेरी कुछ कठिनाइयाँ हैं, क्या मैं आपके घर आकर पूछ सकती हूँ? जानती हो उन्होंने निर्विकार भाव से क्या उत्तर दिया?' आपको क्लास में जो भी पूछना हो आप पूछ सकती हैं। घर पर मैं बहुत व्यस्त रहता हूँ।" मैं अपना-सा मुँह लेकर चली आई।

दूसरी लड़की सुनंदा बोली "लगता है सर को किसी स्त्री ने गहरी चोट पहुँचाई है तभी वह स्त्रियों के प्रति उदासीन हैं।"

जब लड़कियों की दाल नहीं गली तब उन्होंने लड़कों का सहारा लिया। उन्होंने लड़कों से कहा कि आप लोग पता लगाइए कि सर को किसी स्त्री ने धोखा तो

नहीं दिया है। लड़कों ने ऐड़ी-चोटी एक कर दी पर उनका ज़रा सा भी सुराग नहीं मिला। सभी ने कहा ऐसे अरसिक आदमी की जिंदगी में कौन स्त्री आना पसंद करेगी। जिस व्यक्ति को खाने का-पहनने का भी समय न हो, जो चौबीस घंटे पुस्तकों से माथा चिपकाए बैठा रहता हो।

प्रोफेसर गुप्ता को अपनी माँ से अत्याधिक स्नेह था। उनकी माता को ही श्रेय था कि वे इस मुकाम पर पहुँच पाए थे। बचपन में उनसे माँ ने कहा था "बेटा! मनुष्य वह है जिसकी कीर्ति उसके न रहने पर भी उतनी चमके जैसे जीवित रहने पर रहती है।" माँ ने उनको कभी नौकर के भरोसे नहीं छोड़ा। वे उन्हें लेकर स्वयं स्कूल जाती और स्वयं ही लेकर लौटती। खाने, पहनने तथा पढ़ाई सभी में वह उनकी सहायता करती। बचपन से उन्होंने माँ की आज्ञा का पालन किया था। माँ ने उनको टी. वी. या सिनेमा से दूर रखा। उनके विचार से ये मस्तिष्क को गुमराह करते हैं। माँ स्वयं पढ़ी-लिखी थी। उन्होंने बेटे को भी उच्च शिक्षा दिलवाई। उनकी सीख थी स्त्रियों से दूर रहोगे तभी मन की शांति रहेगी तथा कुछ करके दिखा सकोगे। विद्या का कोई ओर-छोर नहीं है। इसलिए अध्ययन में जुटे रहो। दो साल पहले उनकी माता का निधन हो गया था। उस दिन वे जी भर कर रोए थे। एक अटूट सहारा टूट गया था। अब वे नितांत अकेले थे।

कुछ महीने तो उनका अध्ययन से भी मन उचाट हो गया था। फिर धीरे-धीरे उन्होंने मन को संतुलित किया। मरते समय माँ के शब्द उनको बार-बार याद दिलाते थे कि उनको संसार में कुछ ऐसा करके दिखलाना है जो कुछ लोग ही दिखला कर कूच कर गए हैं पर उनकी विजय पताका अब तक लहरा रही है। माँ की मृत्यु के पश्चात अच्छे-अच्छे घरों से विवाह के प्रस्ताव आए पर उन्होंने कहा उनका विवाह तो भौतिकी से हो चुका है दूसरी पत्नी वे कैसे ला सकते हैं। वर्षों प्रस्ताव आते रहे पर बाद में बंद हो गए तब उन्होंने शांति की साँस ली।

प्रोफेसर गुप्ता का पढ़ाने का ढंग भी निराला होता था। कठिन से कठिन प्रश्न को वे इतनी रोचकता से समझते कि लड़के-लड़कियों मन उसको बड़ी सरलता से समझ लेता। लड़के-लड़कियाँ एकाग्र मन से उसको बड़ी सरलता से समझ लेते। लड़के-लड़कियाँ एकाग्र मन से उनकी व्याख्या सुनते। कठिन से कठिन प्रश्न का उत्तर उनकी जबान पर रहता। वे उसे बोर्ड पर लिख कर भी समझाते। उनके विषय में लड़के-लड़कियाँ सभी विषयों से ज्यादा नंबर लाते। जब दूसरे विषय के अध्यापकों से वे पूछते तो वे टाल जाते और कहते आज तो समय कम बचा है कल पूछ लेना। लड़के भी सब समझते थे इस कारण क्लास में अध्यापकों को परेशान करते तथा खूब शरारते करते थे।

प्रोफेसर गुप्ता को अपने देश तथा भाषा से अगाध प्रेम था अमेरिका तथा लंडन से प्रोफेसर के पद के लिए उनके पास ढेरों पत्र आए पर वे भारत छोड़ने

को राजी नहीं हुए। न तो उनको पैसों से प्यार था और न ही उन सुविधाओं से जो उनको बाहर मिलने वाली थीं। उनका जीवन बड़ा ही सीधा-सादा था। खाना भी वह इसलिए खाते थे कि अगर स्वास्थ्य ठीक नहीं रहेगा तो वे लिख-पढ़ नहीं पाएँगे। ज्ञान की पिपासा ने उनको सभी अच्छी चीजों से दूर कर दिया था। उनका यही लक्ष्य था कि कोई ऐसा नया प्रयोग करके दिखलाए जो अब तक कोई दिखा नहीं पाया हो और इसीलिए वे जी-जान से प्रयोग में जुटे थे। काम काफी बढ़ जाने पर उनको एक सहायक की आवश्यकता पड़ी थी जो इस क्षेत्र में अच्छा काम कर रहा हो तथा उसे इस काम में रुचि हो। काफी लोग साक्षात्कार में आए पर उनको सबसे ज्यादा समझदार रागिनी लगी।

रागिनी मामूली शक्ल की गरीब लड़की थी। उसके मता-पिता की मृत्यु हो चुकी थी। पढ़ने का उसे बेहद शौक था। उसका प्रिय विषय भौतिकी था। उसने उसमें गहन अध्ययन किया था। डॉक्टर गुप्ता ने दो चार प्रश्नों के बाद समझ लिया कि लड़की वास्तव में अपने विषय में पारंगत है बस थोड़ी सी ट्रेनिंग की जरूरत है जिसे वे आसानी से उसे दे सकते हैं।

रागिनी का रहन-सहन बड़ा ही मामूली था। टयूशन कर उसने पढ़ाई पूरी की थी। वह भी लाइब्रेरी को अपना घर समझ कर जब तक वह खुली रहती बैठ कर अध्ययन में जुटी रहती। चाय, खाने की भी उसे होश नहीं रहती। भौतिकी में पारंगत डॉ. प्रोफेसर गुप्ता ने एक सहयोगिनी रखी है यह खबर आग के समान पूरे विश्वविद्यालय में फैल गई। लड़के-लड़कियों को एक मसाला मिल गया। लड़कियों ने जब रागिनी को देखा तो व्यंग्य से मुस्करा कर एक-दूसरी से पूछा "अरे भाई! रागिनी में क्या ख़ास है जो सर रीझ गए। हम तो आशा लगाए बैठे थे कि किसी दिन भी प्रोफेसर साहब की कृपा दृष्टि हम में से किसी पर भी हो सकती है पर यहाँ तो हम सोचते रह गए और रागिनी हमारी भरी थाली झपट्टा मार कर ले उड़ी।"

विश्वविद्यालय में जो कानाफूसी चल रही थी उससे प्रोफेसर गुप्ता अनजान नहीं थे पर उनको तो अपने काम से मतलब था। कौन क्या कहता है इसकी परवाह उन्होंने कभी नहीं की पर रागिनी यह सब झेल नहीं पा रही थी। लड़के-लड़कियों के अलावा प्रोफेसर गुप्ता के सहयोगी भी पीठ पीछे प्रोफेसर गुप्ता की हँसी उड़ा कर कहते "प्रोफेसर गुप्ता को और कोई नहीं मिली जो इस लड़की से प्रेम की पेंगे बढ़ा रहे हैं। क्या धरा है रागिनी में। न तो रूप है और न ही किसी अभिजात्य कुल की है। हमें तो लगता है कि रागिनी के भाग्य ही फूट गए हैं। उस बेचारी को पता नहीं हैं कि उसका अंत क्या होने वाला है। किसी दिन गुप्ता दूध की मक्खी के समान उसे निकाल कर फेंक देगा तब उसे होश आएगा। उस समय तक वह सब कुछ लुटा चुकी होगी।"

रागिनी ऐसी बेसिर की बातें सुन कर बड़ी दुःखी होती। वह जानती थी कि प्रोफेसर गुप्ता ऐसी उल-जलूल बातों पर ध्यान देने वाले व्यक्ति नहीं हैं पर कभी-कभी उसे आश्चर्य होता कि क्या प्रोफेसर गुप्ता को शारीरिक भूख नहीं सताती? आखिर वह पुरुष हैं। हम स्त्रियों में तो यह सब सहन करने की क्षमता रहती है। इतने सुदर्शन व्यक्तित्व के अंदर क्या पत्थर का दिल है। सुंदर से सुंदर स्त्री को देख इनका दिल क्यों नहीं मचलता। कभी यह सब सोच कर उसकी इच्छा होती कि प्रोफेसर गुप्ता से पूछे कि सर आप विवाह क्यों नहीं कर लेते। एक से एक सुंदर अभिजात्य कुल की लड़की आपकी कृपा दृष्टि के लिए तरसती है पर यह पूछने का साहस वह जुटा नहीं पाती। किसी के निजी जीवन के बारे में जिज्ञासा तथा पूछना बड़ा अशोभनीय माना जाता है। उसे यह सब सोचते सोचते कई साल बीत गए। इस बीच प्रोफेसर गुप्ता के सफल अनुसंधानों ने विदेशों में धूम मचा दी थी। उनकी सफलता देख लोग दाँतों तले उँगली दबा रहे थे। अपनी प्रतिभा से अनभिज्ञ प्रोफेसर गुप्ता निरंतर कार्य में जुटे रहे। रागिनी उनकी सहायक होने के नाते उनकी सहायता में लगी रही। प्रोफेसर गुप्ता की सफलता उसे अपनी सफलता लगती थी।

एक दिन प्रोफेसर गुप्ता को बहुत अच्छे मूड में देख उसने कहा "सर! वर्षों से आपसे एक बात पूछने की हिम्मत जुटा रही थी। आज आपको प्रसन्न देख कुछ पूछने की धृष्टता कर सकती हूँ?"

प्रोफेसर गुप्ता ने हँसते हुए कहा "रागिनी! तुमने दिन-रात जाग कर मेरी जो सहायता की है उसे मैं कभी भूल नहीं सकता। सच पूछा जाए तो मेरी सफलता का एक हिस्सा तुम हो। तुम न होती तो क्या मैं इतनी जल्दी सफ़लता प्राप्त कर सकता? तुम मेरी सहायक ही नहीं सच्ची मित्र हो। तुम जो भी पूछना चाहती हो पूछ सकती हो।"

रागिनी ने कहा "सर! आप इतने विद्वान तथा शानदार व्यक्तित्व के हैं। अच्छी से अच्छी लड़की आपको मिल सकती थी फिर आपने विवाह क्यों नहीं किया।"

थोड़ी देर के लिए प्रोफेसर गुप्ता सकते में आ गए फिर उनके चेहरे पर गहन वेदना व्यक्त हो गई। उन्होंने कहा "यह मेरे जीवन का ऐसा राज है जो अब तक कोई न तो जान पाया है और न जान पाएगा।"

रागिनी के चेहरे पर उदासी घिर आई। उसने कहा "सर! आप मेरे गुरु हैं पर मैंने आपका अपना अभिन्न मित्र भी माना था। इस हिम्मत पर मैंने आपसे यह प्रश्न पूछा था। मैंने कभी-कभी घोर उदासी आपकी आँखों में देखी थी। मैंने कभी आपको खुल कर हँसते नहीं देखा। अगर मुस्कराए तो उसमें भी आपकी वेदना निहित रही। कोई बहुत बड़ा दुःख आप अपने हृदय में छिपाए हैं। कहते हैं दुःख कहने से हल्का हो जाता है। आपको विश्वास दिलाती हूँ कि आपका राज मेरे तक ही सीमित रहेगा। कोई बंदूक की नोंक पर भी आपका राज़ जानना चाहेगा तो

मैं मर जाऊँगी पर मेरे मुँह से यह राज़ नहीं खुलेगा। मैं जानती हूँ कि कोई भी आपसे सहानुभूति नहीं रखता बल्कि आपकी प्रतिभा से सभी जलते हैं। आपके दुःख से कोई द्रवित नहीं होगा बल्कि खिल्ली उड़ाएगा। आज तक जो दुःख शूल के समान आपके हृदय में रह रह कर चुभता रहा है आज उस शूल को निकाल कर फेंक दीजिए तभी आप सुख की नींद सो पाएँगे।''

थोड़ी देर के लिए प्रोफेसर गुप्ता के चेहरे पर अतर्द्वंद्व के चिह्न दिखाई दिए फिर उनकी आँखों में दृढ़ निश्चय झलक उठा। उन्होंने सावधानी से इधर-उधर देखा। नौकर पहले ही छुट्टी लेकर घर जा चुका था। उनके और रागिनी के सिवा घर में कोई दूसरा नहीं था। उन्होंने रागिनी से कहा ''जो मैं आज कहने जा रहा हूँ उसको सुनकर शायद तुमको पहले विश्वास नहीं होगा पर यह वैसा ही सत्य है जैसे सूर्य, चंद्रमा।''

मैंने जब से होश सम्हाला माँ को एक मिनट भी अपने से दूर नहीं पाया। वह परछाई के समान मेरे आगे-पीछे नाचा करती थी। मेरे जन्म के पाँच महीने बाद ही कैंसर से मेरे पिता की मृत्यु हो गई थी। माँ ने पिता तथा माँ दोनों का प्यार मुझे दिया। मैं माँ से कोई बात कभी छिपाता नहीं था। माँ के अलावा वह मेरी दोस्त भी थी। वह कहती 'बेटा! कोई भी जिज्ञासा हो तो बेहिचक मुझसे पूछो मैं उसका निराकरण करूँगी। एक दिन करीब मैं पंद्रह साल का था मैंने एक लड़के को पेशाब करते देखा। उसके शरीर की बनावट अपने से भिन्न देख मुझे आश्चर्य हुआ। घर आकर मैंने 'माँ से पूछा माँ मात्र पेशाब करते समय एक लड़के के शरीर की बनावट अपने से भिन्न देख मुझे आश्चर्य हुआ। सबके शरीर की बनावट अलग होती है। मेरी तो उससे बिल्कुल अलग है।''

''माँ की आँखों से टपाटप आँसू गिरने लगे। वह रूँधे कंठ से बोली 'बेटा! जो बात मैं तुम्हें बताने जा रही हूँ उसे सुनकर तुम्हें बहुत धक्का लगेगा। भगवान ने तीन प्रकार के मनुष्यों की रचना की है। एक जो पूर्ण पुरुष है, दूसरी स्त्री, तीसरा जो उसकी रचना है वह न तो पूर्ण पुरुष है और न ही स्त्री। तुम न तो स्त्री हो न ही पुरुष। जब तुम पैदा हुए तो तुमको देख मैं सन्न रह गई। ऐसे लोगों की एक जमात होती है। खबर पाते ही ये लोग बच्चे को छीन कर अपनी जमात में शामिल कर लेते हैं। मैंने दुनिया की नज़रों से तुमको छिपा कर रक्खा ताकि कोई तुम्हारी खिल्ली न उड़ाए।'

''मैंने कहा माँ! यह तो कुदरत की नाइंसाफ़ी है। हमने क्या पाप किया है जो उसने हमें ऐसा बनाया है।

माँ ने मुझे ढ़ांढस देते हुए कहा 'बेटा! भगवान के हर कार्य में कोई न कोई मकसद होता है। शायद तुमको इस प्रकार का रूप देकर वह तुम्हारे संग कुछ अच्छा करने वाला हो। मैंने रोते हुए कहा 'माँ! तो हम त्रिशंकु ही हैं न? न पुरुष न

स्त्री बस इन दोनों के बीच में लटकते हुए ऐसे प्राणी हैं जो समाज की नज़रों में हिक़ारत से देखा जाता है। हमें कोई जान कर नौकरी इत्यादि भी नहीं देना चाहेगा। स्त्रियाँ-पुरुष हमसे दूर भागेंगे। स्कूल में लड़कों को पता चलेगा तो वह हमारी हँसी उड़ाएँगे।

"माँ ने मुझे कलेजे लगाते हुए कहा 'बेटा! इस कारण इस राज़ को मेरे सिवा कोई नहीं जानता। तुमको भी सावधान रहना है यह मैं मानती हूँ कि तुमको स्त्री सुख नहीं मिलेगा पर जीवन में ओर भी सच्चे सुख हैं जो मनुष्य पा सकता है। उनमें सबसे ज्यादा विद्या लाभ का सुख है। संसार में आए हो तो कुछ ऐसा करके दिखाओ जो मरने के बाद भी तुम्हरा यश फैलाते रहे। सब कुछ भूल कर विद्या करो तभी तुम्हें सच्ची प्रसन्नता तथा यश प्राप्ति होगी।

"एक दिन मैंने देखा ये लोग जो स्त्री थे न ही पुरुष पड़ोस में शादी में आए थे। ऐसे जानलेवा ग़म को भूलने के लिए जो तौर-तरीके उन्होंने अपनाए थे वह था शादी, बच्चे के जन्म इत्यादि पर अनूठी अदा से तालियाँ बजा-बजा कर घर-घर नाचना-गाना ही इनका पेशा हो गया था। उनका मक़सद था पैसा कमाना और जीवन रूपी गाड़ी को आगे ढकेलना। कितना तिरस्कृत जीवन वे जी रहे थे।

"काश! उनकी माताओं ने भी मेरी माता के समान अपने बच्चों को इस जमात से छिपा कर अच्छी शिक्षा दी होती तो ये इस प्रकार का नारकीय जीवन न जीते। कुदरत ने इनके रूप रंग और जिस्म के साथ जो मज़ाक किया है उसके चलते अब इनको नाचने-गाने के अलावा कोई रोज़गार भी तो नहीं मिल सकता। अब तो अपनी संख्या बढ़ाने के चक्कर में यह बच्चों को उठा ले जाते हैं और उनको नामर्द बना डालते हैं। मेरी माँ ने अगर मुझे दुनिया की नज़रों से छिपा कर न रक्खा होता तो मैं भी आज इनकी टोली का एक सदस्य होता। समाज ने इनको अंगीकार किया होता तो इनकी जमात बनती ही क्यों? समाज ने ही इनको तिरस्कृत कर ऐसा जीवन जीने को बाध्य किया ये भी भगवान की रचनाओं में से एक है फिर इतना भेदभाव क्यों? प्रकृति ने मनुष्य की रचना करते समय सभी को मस्तिष्क दिया था ताकि उसे ठीक समय पर उपयोग में लाएँ। अगर इन लोगों को इतना तिरस्कृत तथा हिक़ारत से न देखा जाता तो इनमें भी आत्मबल आता और ये भी उन्नति की तरफ अग्रसर होते पर हताशा से घिरे ये अपना आत्मविश्वास खो बैठे हैं और हीनता से ग्रसित होकर उन्नति का रास्ता भूल बैठे हैं। अगर इनको भी उत्साहित किया जाता तथा समुचित शिक्षा मिलती तो ये भी उन्नति के शिखर पर पहुँच का देश का कल्याण करने और देश के सपूत माने जाते।"

रागिनी ने सम्मान से प्रोफेसर गुप्ता की तरफ देखते हुए कहा "सर! माना हम शरीर से एक दूसरे से भिन्न हैं पर मन तो एक है। मन की शांति ही जीवन

का लक्ष्य होती है। आपको शायद मालूम नहीं है कि मैं भी पूर्ण नहीं हूँ। मेरा पैर कृत्रिम है। विवाह ही जीवन का लक्ष्य नहीं होता। मानसिक मिलन ही जीवन में फूल बिखेर देता है। सच पूछा जाए तो संसार में कोई पूर्ण नहीं है। आप जैसा मित्र पाकर मेरा जीवन धन्य हो गया है।'' यह कहकर रागिनी ने प्रोफेसर के दोनों हाथ पकड़ कर आँखों से लगाकर कहा ''आप त्रिशंकु नहीं है बल्कि चमकता हुआ सूर्य है जो अपनी चमक रूपी प्रतिभा से चारों तरफ प्रकाश फैला रहा है।''

काश अगर शासन तथा संस्थाएँ इनका बीड़ा लेकर इनको इस अंधकार से निकाल कर उजाले में लाए तो इनमें से कई आप जैसे महान भी पैदा हो सकते हैं।

अधूरी दुल्हन

उसका नमा था डोली। वह अति आधुनिक परिवेश में पली थी। रईस माता-पिता की दुलारी बेटी थी। प्यार का मतलब था उसकी उचित-अनुचित सभी माँगों की पूर्ति बचपन से होती आ रही थी।

माँ श्वेता देवी समाज में फ़ैशन करने में मशहूर थीं। वे अति आधुनिक थीं। बचपन से जब डोली माँ को सौंदर्य प्रसाधनों का इस्तेमाल करते देखती तो माँ की लिपस्टिक तथा पाउडर लगा कर उनकी नकल करती। माँ हँसते-हँसते दोहरी हो जाती। क्लब तथा किटी पार्टियों में जब वह माँ को पारदर्शक कपड़े पहने जाते देखती जिसमें उनका अंग-प्रत्यंग दिखता तब वह सोचती कि बड़े होने पर वह भी माँ के समान ऐसे कपड़े पहनेगी तब उसे संग पढ़ने वाले लड़के उसके आगे-पीछे नाचा करेंगे। वह सभी को उँगलियों पर नाचाएगी। माँ श्वेता देवी घर पर बहुत कम रहती थीं। बचपन उसका आया की गोद में पला और थोड़ी बड़ी होने पर उसे होस्टल में भेज दिया गया। छुट्टियों में जब वह बड़ी ललक से माँ के पास आती तो माँ को इतनी फुर्सत नहीं होती कि बेटी के साथ दो बातें कर लें।

बचपन उसका माता-पिता के प्यार के अभाव में बीता। पैसे की कमी माता-पिता ने उसे होने नहीं दी। जब उसने होश सम्हाला तब देखा कि माँ का परपुरुषों साथ ज्यादा समय बीतता था। उसने सोचा यही आदर्श जीवन है। माँ का परपुरुषों को उँगली पर नचाना देख वह भी धीरे-धीरे सब सीखने लगी।

स्कूल की पढ़ाई खत्म करके जब उसने कॉलेज में प्रवेश किया तो माँ के समान अंग-प्रत्यंग दिखाने का उसे भी शौक चर्राया। उसने यह नहीं सोचा कि इसका कितना बुरा परिणाम हो सकता है। कॉलेज में जब वह गाड़ी से मुस्कराती हुई उतरती तो उसकी पोशाक देखने को लड़कों की भीड़ उमड़ पड़ती। उसका स्कर्ट इतना ऊँचा रहता था कि थोड़े से स्थान को छोड़ उसकी पूरी नंगी टाँगें दिखाई पड़ती थीं। टॉप का गला इतना नीचा था कि झुकने पर सभी कुछ दिखाई देता था। टॉप की लंबाई इतनी छोटी रहती थी आधा पेट खुला रहता था। लड़कों को

लुभाने के लिए उसके हावभाव भी माँ जैसे होते थे। उसका चेहरा सौंदर्य प्रसाधनों से लिपा-पुता रहता था, जब कि वह बहत ही सुंदर थी। उसका चेहरा सौंदर्य प्रसाधनों का मोहताज नहीं था। माँ उसके लिए आराध्य थी। उसकी पोशाक माँ बनवाती थी। वह उसे अति आधुनिक बना कर सोसायटी में अपनी धाक जमाना चाहती थीं। शुरू में उसे ऐसे वस्त्र जिनसे अंग-प्रत्यंग दिखता था पहनने में लज्जा आती थी पर जब माँ कहती बेटी हम ऊँची सोसायटी के लोग हैं, हमें अपने को अति आधुनिक दिखाना चाहिए।

अभी तक उसकी पोशाक ही आधुनिक थी। चरित्र पर उसके धब्बा नहीं लगा था पर लड़के सोचते थे इस अति आधुनिक लड़की के साथ अनुचित हरकत करने पर वह इसे बुरा नहीं समझेगी। शारीरिक संबंध बनाने में भी शायद उसे संकोच नहीं होगा। हो सकता है कई लोगों से वह यह संबंध बना भी चुकी हो। उसकी चाल-ढाल तथा खुलापन देख लड़कों ने यह अंदाजा उसके बारे में लगाया कि इस चिड़िया को फँसाना कठिन नहीं होगा।

एक दिन कुछ गुंडे टाइप के लड़कों ने सोचा कि डोली को पिकनिक का बहाना बनाकर उसके संग ऐश की जाए। रमेश जो कॉलेज का सबसे होनहार लड़का था उसने इन लड़कों को डोली को बहाने से ले जाने की बात सुन ली। रमेश गाँव का सीधा-सादा लड़का था। क्लास में वह हमेशा अव्वल आता था। लड़के तथा लड़कियाँ उसके सीधेपन की खिल्ली उड़ाते पर वह किसी की परवाह नहीं करता था। उसने अपने माता-पिता से अच्छे संस्कार पाए थे। स्त्रियों की वह इज्जत करता था। उसकी नज़रों में सभी लड़कियाँ बहन समान थीं। जब उसने डोली के बारे में लड़कों की बातें सुनी तो वह भागा-भागा डोली के पास आया और बोला "डोली! प्लीज़ तुम लड़कों के संग पिकनिक पर मत जाओ। वे अच्छे लड़के नहीं है।" डोली वैसे भी रमेश के सीधे तथा देहातीपन की खिल्ली उड़ाती रहती थी हँस कर बोली "रमेश! तुम कूपमंडूक हो और जीवन भर बने रहोगे। मैं आधुनिक लड़की हूँ। लड़कों के संग पढ़ती हूँ तो घूमना-फिरना तो रहेगा और इसे मैं बुरा नहीं समझती। तुम अपने पुरातनपंथी विचार अपने पास ही रक्खो मुझे सिखाने की कोशिश मत करो।"

रमेश बोला "डॉली! मेरा विश्वास करो। वे लोग वहाँ पहुँच कर तुम्हारे संग कोई अनुचित व्यवहार न कर बैठें।"

डोली बोली "तुम्हारे उचित-अनुचित व्यवहार की परिभषा क्या है यह मैं समझती हूँ। मैं अच्छी तरह जानती हूँ कि मैं तुमको लिफ्ट नहीं देती इस कारण तुम दूसरों के बारे में ऐसी बातें कर रहे हो। आपके कीमती सुझाव के लिए धन्यवाद। मेरे दोस्त मेरी राह देख रहे होंगे" यह कह कर व्यंग्य से मुस्कराती डोली चली गई।

रमेश बुत बना उसे देखता रहा। उसके अंतःकरण ने कहा "आज डोली बच

नहीं पाएगी। पहले तो उसने सोचा कि कुछ लड़कों तथा लड़कियों से यह बात कर उनसे सहायता ली जाए पर दूसरे पल उसने सोचा कि सबकी नज़रों में मैं पुरातनपंथी हूँ। वे सहायता करना तो दूर मेरी खिल्ली उड़ाएँगे।

रमेश का हृदय उसे धिक्कार रहा था कि एक लड़की की इज्जत जाने वाली है यह जान कर भी वह सहायता नहीं कर पा रहा है पर वह करे भी क्या। वह अकेला है और वे चार हैं। हार कर उसने नियति पर सब कुछ छोड़ दिया।

जब काफी रात बीत गई और डोली घर नहीं पहुँची तो श्वेता देवी को चिंता हुई कि इतनी देर तो डोली कभी नहीं लगाती थी। उन्होंने कॉलेज में फोन किया तो चपरासी ने कहा ''यहाँ से तो सभी चले गए हैं।'' कई जगह श्वेता देवी ने डोली के मित्रों को फोन किया पर कुछ पता नहीं चला। हार कर उन्होंने पुलिस से सहायता माँगी। सुबह चार बजे डोली को बेहोशी की हालत में पुलिस ने एक जगह पड़े पाया। जगह-जगह उसके कपड़े फटे तथा खून से भीगे हुए थे। उन खून से भीगे कपड़ों तथा डोली की हालत देख कोइ भी कह सकता था कि उसके संग कई लोगों ने बलात्कार किया है। उसको फौरन अस्पताल पहुँचाया गया। श्वेता देवी तथा डोली के पिता उसक़ी दशा देख कर रो पड़े। श्वेता देवी ने सिसकते हुए कहा ''इंस्पेक्टर साहब! मेरी बेटी पर जुल्म करने वालों को जल्द से जल्द खोज कर कड़ी से कड़ी सजा दीजिए। पहले तो पता कीजिए कि डोली किन लड़कों के साथ गई थी। कॉलेज में पता लगाइए वहीं पता चल सकता है।''

सुबह-सुबह अखबार में डोली के बलात्कार की खबर निकल गई। कॉलेज के लड़के आश्चर्यचकित हो एक-दूसरे से पूछ रहे थे कि घृणित कार्य किसका हो सकता है। किसी ने भी डोली को जाते नहीं देखा था। डोली जीवन तथा मृत्यु के बीच जूझ रही थी। पूरे शहर में इस खबर से घबराहट फैल गई थी। हर एक अपनी बेटी को कॉलेज भेजने में हिचकिचा रहा था। सभी का विचार था कि वह कॉलेज के लड़कों का ही काम है और लड़के भी डोली के मित्र होंगे तभी वह विश्वास करके उनके संग चली गई होगी।

इंस्पेक्टर ने डोली के क्लास के हर लड़के से पूछना शुरू किया पर सभी लड़कों ने अनभिता ही दिखाई। जब वह रमेश के पास आए तो रमेश ने कहा ''इंस्पेक्टर साहब! यहाँ सबके सामने मैं अपनी अनभिज्ञता ही दिखाऊँगा पर अकेले में मैं आपसे जो जानता हूँ बता सकता हूँ। जिनका नाम मैं बताऊँगा वे सभी रईसों के बेटे हैं। वे फौरन छूट कर मेरा खात्मा करने में भी संकोच नहीं करेंगे। मैं गरीब लड़का हूँ। मेरे माता-पिता को मेरे से बहुत आशाएँ हैं। अगर मुझे कुछ हो गया तो वे जीते जी मर जाएँगे।''

इंस्पेक्टर ने कहा ''आप पूरी घटना की जानकारी पत्र द्वारा मुझे भेज दीजिए मैं देख लूँगा।''

रमेश ने जो बातें डोली से कही थीं तथा चारों लड़कों के नाम लिख कर इंस्पेक्टर के पते पर भेज दिया।

इंस्पेक्टर ने चारों लड़कों को गिरफ्तार कर लिया। उन लड़कों के पिता ने इंस्पेक्टर को तगड़ी घूस देनी चाही पर वह टस से मस नहीं हुआ। सबको आश्चर्य था यह भेद किसने खोला। रमेश पर तो कोई विश्वास ही नहीं कर सकता था। सभी जानते थे वह पढ़ाई के सिवा किसी से संबंध रखना पसंद नहीं करता था।

लड़कों की जमानत के लिए उनके पिता ने काफी कोशिश की पर इंस्पेक्टर बोला "जब तक डोली होश में नहीं आती किसी की जमानत नहीं हो सकती।"

चार दिन बीतने पर भी जब डोली को होश नहीं आया तो श्वेता देवी डोली की तबीयत तथा भविष्य की सोच कर चिंतित हो गई। अब डोली को कौन अपनाएगा। पूरे शहर में यह बात फैल चुकी हैं पाँचवे दिन डोली की बेहोशी थोड़ी देर के लिए टूटी। वह चीखने लगी "मुझे इन लड़कों से बचाओ। यह मेरी इज्जत लेने वाले हैं।" भय से उसका चेहरा पीला पड़ गया था। डॉक्टर बोला "अब यह एक बार होश में आ गई है तो चिंता की बात नहीं है पर ऐसे समय में कॉलेज का कोई लड़का मिलने न पाए क्योंकि उनको देख ये दहशत के मारे बेहोश हो जाएगी, हो सकता है कोमा में चली जाए।"

डोली का हालत देख श्वेता देवी का हृदय हाहाकार कर रहा था। अब उनको पता चला माँ की ममता क्या होती है। उनको बेटी से अगाध प्यार था पर झूठी शान-शौकत तथा आडम्बरपूर्ण जीवन में वह उसे भूल गई थी।

धीरे-धीरे डोली होश में आती गई। वह शून्य में निहारती रहती। उसके चेहरे से वीरानी टपकती थी। वह चुप रहती। नर्सिंग होम से उसे छुट्टी मिल गई थी। डोली ने इंस्पेक्टर को उन चारों लड़कों के नाम बता दिए थे। वह सोचती उन लड़कों को सजा दिलवा कर क्या कभी वह अपना अतीत भूल पाएगी? जो खो चुकी है क्या वह कभी पा सकती है? उसका घृणित अतीत उसे शांति से जीने नहीं देगा। वह जब भी घर से बाहर निकलेगी तो न जाने कितनी उँगलियाँ उसकी ओर उठ कर कहेंगी यह वही लड़की है जिसके संग चार लड़कों ने बलात्कार किया था। कभी वह सोचती कॉलेज में इतनी लड़कियाँ हैं उनके संग यह घटना क्यों नहीं घटी? ऐसे में उसे रमेश की चेतावनी याद आ जाती। वह सोचती वह कितना सचरित्र तथा मेधावी था। उसके संस्कार कितने उच्च थे। ऐसे उच्च विचारों वाले लड़के की मैंने कितनी खिल्ली उड़ाई थी। काश! मैं एक बार उससे मिल कर माफी माँग लूँ तभी मेरी आत्मा को कुछ शांति मिलेगी।

एक दिन डोली माँ से बोली "माँ! मैं अपने मित्र रमेश से मिलना चाहती हूँ। वह मेरा शुभचिंतक था। उसकी बात न मानने पर मेरी यह दुर्गति हुई है।

श्वेता देवी बोली "बेटी! अब तुम लड़कों से मत मिलो। उन्हीं ने तुम्हारी

यह दशा की है।''

डोली बोली ''माँ! रमेश कॉलेज भर में सबसे चरित्रवान तथा ऊँचे संस्कार वाला लड़का है। आप उसे बुलवा दीजिए उससे बातें करके मैं कुछ शिक्षा ही ग्रहण करूँगी।''

रमेश फूलों का गुलदस्ता लेकर आया। उसने वहाँ बैठे सभी लोगों के पैर छुए फिर डोली को फूलों का गुलदस्ता देकर कहा ''डोली! इन फूलों के समान खिला-खिला तुम्हारा जीवन रहे यही भगवान से प्रार्थना है। जो बीत चुका है उसे भूल कर जीवन भविष्य के सुखद सपने देखो। मेरी शुभकामनाएँ हमेशा तुम्हारे संग रहेंगी। आप सब मुझे पुरातनपंथी कहें पर एक बात मैं जरूर कहना चाहूँगा। मैं जानता हूँ डोली तुम्हारे माता-पिता को मेरी बातें चोट पहुँचाएँगी पर वास्तविकता से यह समाज कब तक मुँह मोड़ता रहेगा। लोग लड़कों को दोष देते हैं। पर उनसे दोष लड़कियों का ज्यादा होता है। आधुनिक बनने को मैं बुरा नहीं समझता पर विदेश की अच्छी-बुरी बातें आँख मूँद कर अंधाधुंध नकल करना हम भारतीयों के लिए हानिकारक ही सिद्ध होगा। माता-पिता बेटी को आधुनिक बनाने के चक्कर में ऐसी पोशाक पहनाते हैं कि सामने वाला अपने को वश में नहीं कर पाता। डोली की पोशाक से उसका अंग-प्रत्यंग झलकता था। ऐसी पोशाक, ऊपर से बेबाकी से लड़कों के संग घुल-मिलकर उठना बैठना एक प्रकार से लड़कों को निमंत्रित देना था। उनके विचार से डोली अति आधुनिक विचारों वाली लड़की है न जाने कितनों के संग शारीरिक संबंध बना चुकी होगी। वह इसे बुरा नहीं समझती होगी क्यों न वे भी बहती गंगा में हाथ धो लें।

पाश्चात्य में डेटिंग को बुरा नहीं समझा जाता। वे केवल दोस्ती ही रखते हैं। शारीरिक संबंध वह उसी से करते हैं जिससे वह विवाह करते हैं। वहाँ बचपन से लड़के लड़कियाँ साथ रहते हैं उन्हें विपरीत सैक्स के प्रति इतनी लालसा नहीं रहती कि वे जबरदस्ती किसी के संग शारीरिक संबंध स्थापित करें या चूँकि कॉलेज में ही जाकर लड़कों का विपरीत सैक्स यानी लड़कियों का सामीप्य मिलता है ऐसे में लड़के अगर लड़की आधुनिक दिखती है तो उसकी चाल-ढाल या अधनंगी पोशाक देख वे टूट पड़ने को तत्पर हो जाते हैं। हमारे यहाँ भी अगर बचपन से लड़के-लड़कियाँ एक ही स्कूल में शिक्षा पाएँ तो कहीं वर्षो बाद इस विरीत सैक्स का जादू कम हो सकता है पर हमारा धर्म या सभ्यता हमें रोकती है। कुछ स्कूलों में जैसे कान्वेंट में लड़के-लड़कियाँ संग पढ़ते हैं पर अभी भी इतने छोटे बच्चों में सैक्स जागृत हो जाता है तब हार कर माता-पिता को लड़कियों को उनके लड़कियों के स्कूल में भेजा जाता है फिर कॉलेज में वही होता है जो डोली के संग हुआ है। कॉलेज में छूट मिलने पर लड़के उसका दुरूपयोग करते हैं। मेरे विचार में से ऐसे भड़काऊ कामोत्तेजक कपड़े जिनसे अंग-प्रत्यंग दिखे लड़कियों को नहीं पहनने चाहिए। कॉलेज

हो या स्कूल सलवार, कमीज तथा दुपट्टा ही सबसे शालीन पोशाक है इसे भी चुस्त या बिना बाँह की नहीं होना चाहिए। दुपट्टा कायदे से ढका रहना चाहिए। कॉलेज में जब लड़कियाँ कामोत्तेजक वस्त्र पहन कर आती हैं तो लड़के कहाँ तक अपने को रोकें। विपरीत सैक्स के प्रति वैसे भी आसक्ति होती है। अपने को अति आधुनिक दिखाने की होड़ में लड़कियाँ इतने तंग कपड़े पहनती हैं कि बुजुर्ग तक अपना आपा खो बैठते हैं। फिर युवकों को हम क्यों दोष देते रहते हैं। मैं जानता हूँ मुझे यह बातें नहीं करनी चाहिए। पर डोली की दशा देख मुझसे नहीं रहा गया। अगर ऐसा ही रवैया रहा तो न जाने कितनी लड़कियों की डोली के समान दुर्दशा होगी। सच पूछा जाए तो घर ही सच्चे अर्थ में हमारा स्कूल होता है। वहाँ का रहन-सहन बातचीत ही हमारे मस्तिष्क पर अपनी अमिट छाप छोड़ती है। बुरा मत मानिएगा आपके रहन-सहन को ही डोली ने अपनाया है। यह उसका दोष नहीं हैं सच पूछा जाए तो बच्चों के उत्थान तथा पतन के माता-पिता ही जिम्मेदार होते हैं। बच्चों को केवल प्यार की ही नहीं अनुशासन की भी जरूरत पड़ती है। प्यार करना सरल है पर अनुशासन ऐसा करें कि बच्चों को महसूस न हो कि उनके संग कड़ाई की जा रही है। बचपन की सीख जीवनपर्यन्त काम में आती है।

रमेश की शिक्षाप्रद बातें सुन श्वेता देवी तथा डोली के पिता बोले ''बेटा! इतनी छोटी उम्र में अच्छे-बुरे का जो ज्ञान तुमने प्राप्त कर लिया है, उसे हम इस उम्र में भी नहीं पा सके थे।''

श्वेता देवी की आँखें भर आईं। वे बोली ''बेटा रमेश! डोली की दुर्दशा के लिए मैं ही उत्तरदायी हूँ। उसे अति आधुनिक बनाने की होड़ में आज मैंने ही उसे इस स्थिति में लाकर पटक दिया है। मैं उसकी माँ नहीं शत्रु हूँ।

डोली के पिता ने रमेश का हाथ अपने हाथों में लेकर रूँधे गले से कहा ''बेटा! इतना कुछ होने पर मेरी हिम्मत तो नहीं पड़ती कि तुमसे कहूँ कि डोली का हाथ तुम थाम लो। मैं मानता हूँ जान बूझ कर कोई जीती मक्खी नहीं निगल पाएगा पर बेटा मेरी डोली का कोई दोष नहीं है। उसका शरीर जरूर कलंकित हो चुका है पर मन से वह पवित्र है। मैं जानता हूँ कि मैं स्वार्थ की बातें कर रहा हूँ पर अब कोई डोली का हाथ नहीं थामेगा। हम जीवन में डोली को दुल्हन के रूप में नहीं देख पाएँगे।'' यह कहते डोली के पिता सिसक पड़े।

रमेश बोला ''बाबू जी! मुझे डोली से विवाह करने में आपत्ति नहीं है पर अभी एक साल तक मैं विवाह नहीं कर पाऊँगा। मैं अपने पैरों पर खड़ा होकर ही विवाह करूँगा। इस बीच डोली भी अपनी पढ़ाई खत्म कर लेगी।''

डोली के पिता बोले ''बेटा! मेरी सम्पत्ति तो तुम ही दोनों की है। नौकरी करने की तुम्हें क्या आवश्यकता है।''

रमेश बोला ''नहीं बाबूजी! आपके पैसों पर मैं जीवनयापन करना बड़ा ही

लज्जाजनक समझता हूँ। अपनी थोड़ी आय में ही मैं अपनी गृहस्थी चलाना चाहता हूँ। डोली ऐश-आराम में पली है क्या गरीबी में अपने को ढ़ाल पाएगी? मैं सोचता हूँ यह उसके लिए कठिन होगा पर अभी बहुत समय है उसे बहुत सोच समझ कर फैसला करना है। भावुकता में निर्णय लेना ग़लत हो सकता है।''

डोली की आँखों से आँसू छलक पड़े वह बोली 'रमेश! विश्वास मानो अमीरी का घातक परिणाम मैं देख चुकी हूँ। अब तो गरीबी को मैं कीमती धरोहर समझ कर अपने हृदय में छुपा कर रक्खूँगी। संसार की सबसे कीमती वह चीज होगी। पर मेरे हृदय में थोड़ा सा संशय है। तुम्हें अपने निर्णय पर कभी पश्चाताप तो नहीं होगा? अगर ऐसा हुआ तो मैं अपने को कभी माफ़ नहीं कर पाऊँगी। तुम्हारे जैसे चरित्रवान के योग्य मैं नहीं हूँ। यह तो मेरे पूर्वजन्म के किसी अच्छे कर्मों का फल है कि तुम जैसा पति मिलने वाला है।''

रमेश गंभीर होकर बोला ''डोली! तुम ऐशोआराम का जीवन त्याग कर मुझ गरीब के साथ जीवन यापन करने में तनिक भी हिचकिचा नहीं रही हो। इसके लिए तो मुझे तुम्हारा अनुगृहीत होना चाहिए। अब हम दोनों को अपनी पढ़ाई में जुटा जाना चाहिए।

एक हफ्ते बाद जब डोली कॉलेज गाड़ी से उतरी तो उसकी वेशभूषा देख आश्चर्य से एक-दूसरे का मुँह ताकने लगे। उस फैशनपरस्त डोली को जब लड़कों ने हल्के गुलाबी रंग के सलवार-कमीज तथा दुपट्टे को कायदे से ओढ़े देखा तो वे मुँह बाए देखते रह गए। आज डोली प्रखर सूर्य की किरणें न होकर शीतल चाँदनी लग रही थी। उसके सुंदर चेहरे पर मासमियत झलक रही थी। उसने सभी लड़कों से हेलो कहा। अपराध बोध की छाया भी उसके चेहरे पर नहीं थी। लड़कों ने सोचा था कि एक तो वह कॉलेज आएगी नहीं अगर आई भी तो लज्जा से मस्तक नीचा करके चुपचाप चली जाएगी। पर यहाँ तो उल्टी बात लड़कों ने देखी। क्लास में भी डोली ने सभी प्रश्नों का उत्तर दिया जो लड़के नहीं दे पाए थे। प्रोफेसर भी उस लापरवाह लड़की की योग्यता देख चकित रह गए। सभी प्रोफेसरों तथा डोली के सच्चे मित्रों को डोली का इतने बड़े हादसे के बाद अपने को संतुलित कर पढ़ाई की तरफ ध्यान देना बहुत ही प्रशंसनीय लगा। डोली ने सभी लड़कों से मित्रता रक्खी। फर्क इतना था कि पहले वे अपनी तरफ आकृष्ट करने के लिए हाव-भाव दिखाती थी पर अब एक सात्विक झलक उसके चेहरे पर व्याप्त रहती थी। उसकी इस सात्विक झलक को देख किसी भी लड़के की उसकी तरफ कुदृष्टि डालने की हिम्मत नहीं पड़ती थी। कहते हैं हृदय में उठने वाले भाव ही चेहरे पर प्रतिबिंबित होते हैं।

इधर कुछ दिनों से डोली की तबीयत गिरी-गिरी रहने लगी थी। वह बहुत जल्दी थक जाती थी। पहले तो उसने ध्यान नहीं दिया पर जब एक दिन वह बेहोश

हो गई तो डॉक्टर को बुलाया गया। सभी टेस्टों के बाद डॉक्टरों ने कहा "डोली को एड्स है। यही बीमारी उन चार लड़कों में से किसी को थी जिन्होंने उसके संग बलात्कार किया था। माता-पिता माथा पीट कर रह गए। वे समझ गए कि इस प्राणलेवा बीमारी से डोली किसी प्रकार बच नहीं पाएगी। इस घृणित बीमारी का किसी को पता चल गया तो डोली की मौत से पहले मौत हो जाएगी। समाज की लाँछना लेकर उनकी बेटी बदनामी की चादर ओढ़ कर मरेगी। उनको इस भेद को अपने तक सीमित रखना है। डोली को नर्सिंग होम में भर्ती करा दिया गया। श्वेता देवी उसके संग परछाई के समान रहती थी। वे नहीं चाहती थी कि डोली किसी को इस बीमारी का पता चले। डोली बार-बार पूछने पर वे हमेशा कहती "बेटी! कुछ खास नही बस थोड़ा बुखार है। तू जल्दी ही अच्छी हो जाएगी। यह बोलने में श्वेता देवी का हृदय हाहाकार कर उठता था पर वह नकली मुस्कराहट बिखेरती रहती थी।"

एक दिन थोड़ी देरके लिए श्वेता देवी बाहर गईं तब डोली ने चार्ट उठा कर पढ़ा तो सन्न रह गई कि उसे एड्स जैसी घृणित बीमारी है जिसका नाम सुन कर ही लोग घृणा से मुँह सिकोड़ लेते हैं। डोली ने हृदय पर पत्थर रख कर सोचा इस कलंकित जीवन से तो मृत्यु ज्यादा सुखदाई होगी।

माँ तथा पिता के आने पर वह बोली "माँ! मुझे क्या बीमारी हे इसका पता मुझे लग चुका है। मैं अतृप्त होकर इस संसार से जाना नहीं चाहती। मैं रमेश से विवाह करके तभी मरना चाहती चाहती हूँ। रमेश को मैं बता दूँगी कि मुझे क्या बीमारी है। रमेश जैसे पति के संग जीवनयापन करना शायद मेरे भाग्य में नहीं था। पर उसकी पत्नी बनने का लोभ मैं छोड़ नहीं पा रही हूँ। मेरे पास समय बहुत कम बचा है। मेरी आत्मा को तभी शांति मिलेगी जब मैं सुहागन मरूँगी। आप रमेश को बुला कर खूब धूमधाम से मेरे विवाह की तैयारी कीजिए।"

डोली की बातें सुन श्वेता देव तथा पिता का हृदय टूक-टूक हो गया। उनकी आँखों से आँसुओं का सैलाब उमड़ पड़ा।

डोली बोली "माँ! मुझे कोई दुख नहीं है। मरते समय मैं सभी सुख बटोर कर जा रही हूँ। रमेश के आने पर उसने कहा "रमेश! इस जीवन में तो मैं तुम्हारी अधूरी दुल्हन बन कर जाऊँगी पर अगर मैंने दूसरा जन्म पाया तो भगवान से प्रार्थना करूँगी कि तुम ही मेरे पति बनो।"

रमेश ने अश्रूपूरित नेत्रों से डोली को निहारा फिर घुटने में सिर छुपा वह सिसक पड़ा।

बड़ी धूमधाम से विवाह सम्पन्न हुआ। सभी को आश्चर्य हो रहा था कि विवाह इतनी जल्दी क्यों हो रहा हैं। रमेश के माता-पिता भी आए थे। बहू डोली ने उनके चरण स्पर्श किए। बहू डोली को देख उनका हृदय गदगद हो गया। लाल जोड़े

तथा जेवरों से सजी डोली की सुंदरता देखने योग्य थी। उसके चेहरे पर मुस्कराहट खेल रही थी। सभी रस्म होने पर फेरों की रस्म शुरू हुई। फेरे लेते-लेते डोली को चक्कर आने लगे। वह समझ गई कि उसका अंत समय आ गया है। किसी प्रकार हिम्मत करके उसने सातों फेरे लिए फिर वह कटे वृक्ष-सी पृथ्वी पर गिर पड़ी। चारों ओर हाहाकार मच गया। कई डॉक्टर आए पर डोली की नब्ज देख उन्होंने इंकार में सिर हिला दिया। वह मर चुकी थी।

रमेश ने डोली का सिर अपनी गोद में ले लिया। उसकी आँखों से टपाटप आँसू गिर कर डोली की चुनरी भिगाने लगे। उसे अश्रुपूरित नेत्रों से डोली को निहारा। डोली के खिले-खिले चेहरे पर तृप्ति की एक अनोखी आभा थी। ऐसा लग रहा था कि उसने सब कुछ पा लिया है।

लाल जोड़े में सजी डोली को देख लग रहा था मानो दुल्हन बाबुल का घर छोड़ पिया के घर जा रही हो। दूर रिकार्ड बज रहा था 'चल पी की नगरिया में सज के दुल्हन.....

अविस्मरणीय घटना

कभी जीवन में ऐसी घटनाएँ देखने को मिल जाती हैं जिनको देख कर विज्ञान तथा वैज्ञानिक चक्कर में पड़ जते हैं, सुनकर तो लोग इसकी हँसी उड़ाते हैं पर जब स्वयं उनके सम्मुख यह घटना घटती है तो अवाक रह जाते हैं और दूसरों को विश्वास दिलाने में असमर्थ हो जाते हैं क्योंकि उनके पास इसका ठोस प्रमाण नहीं रहता। वह स्वयं विश्वास करने पर मज़बूर हो जाते हैं पर दूसरे को विश्वास दिलाना असम्भव हो जाता है।

इस बीसवीं सदी में भूत-प्रेत, तंत्र-मंत्र, आत्मा इत्यादि पर जो लोग विश्वास करते हैं उनको बेवकूफ तथा अज्ञानी की उपाधि से विभूषित किया जाता है। हम बुद्धिपरक और तर्कपरक प्राणी है। हमें उन्हीं बातों को असम्भव मानना चाहिए जो प्रत्यक्ष रूप से असम्भव प्रमाणित हो जाएँ।

यह कहना नासमझी होगी कि प्राचीन पुस्तकों में दी हुई सभी बातें झूठी थीं। जब लोग कहते थे कि प्राचीन ऋषि हजारों किलोमीटर की दूरी से एक-दूसरे को संदेश दे देते थे तो बहुत से पढ़े-लिखे लोग इस बात की खिल्ली उड़ाया करते थे किंतु आज दूरबोध (Telepathy) और दूरदर्शन जैसी परिघटनाएँ हमारे सम्मुख ध्रुव सत्य की भाँति दिखाई देती हैं। विज्ञान दिनोंदिन तरक्की कर रहा है। कल की कपोल कल्पनाएँ आज सत्य होती जा रही है। हमारे पुराणों में लिखी बातें अब सत्य होती दिखाई दे रही हैं। प्रत्येक प्राचीन बात को तुच्छता की दृष्टि से देख कर असंभव मान लेना उचित नहीं है। 'गीता' में आत्मा के बारे में बहुत कुछ लिखा है। पर लोग आत्मा के अस्तित्व को मानने से इंकार करते है। हर विद्या को समझने में समय लगता है। वैज्ञानिक इस विद्या के रहस्य को जानने के लिए जी-जान से जुटे हैं पर इसकी तह तक पहुँचना सरल नहीं है। वह दिन भी जरूर आएगा जब वैज्ञानिक इस विद्या पर विजय प्राप्त करेंगे।

संसार में लाखों नहीं तो हजारों व्यक्तियों को आत्मा संबंधी अनुभव अवश्य हुए हैं और ऐसे लोगों में अपढ़-गँवार ही नहीं होते बल्कि बहुत से उच्च शिक्षा

प्राप्त विद्वान भी होते हैं और ऐसे व्यक्ति भी होते हैं जो प्रत्यक्ष घटना के विषय में कुछ कहने से पहले उसे शुद्ध तर्क और विश्लेषण की कसौटी पर कस लेते हैं। क्या हम कह सकते हैं वे सब के सब झूठ बोल रहे हैं अथवा भ्रम में पड़े हुए हैं।

आज ऐसी ही एक सत्य घटना में आपके सम्मुख रख रही हूँ। आप विश्वास नहीं भी करेंगे तो मुझे कोई फर्क नहीं पड़ेगा लेकिन जब कभी आपके जीवन में आपके सम्मुख ऐसी घटना घटेगी तो आप स्वयं तो विश्वास कर लेंगे पर दूसरों को विश्वास दिलाने में आप सफलता प्राप्त कर पाएँगे? शायद नहीं क्योंकि आपके पास इसका प्रत्यक्ष प्रमाण नहीं होगा यही स्थिति मेरी है तो सुनिए वह सत्य घटना इसे आप क्या कहेंगे।

बनारस की एक पुरानी बस्ती में एक पक्का मुहल्ला है रामघाट। उस मकान में कई पीढ़ियों से बेरी ख़ानदान रहता है। करीब सत्तर साल पहले यह मकान किसी मराठा सरदार का था। जब मराठों पर मुसलमानों ने आक्रमण किया तब कुछ लोगों ने इसी मकान में शरण ली। इस मकान में तीन-चार तहखाने थे जिन पर इस कारीगरी से पत्थर लगे थे कि देखने वाले को पता ही नहीं चल सकता था कि नीचे कोई तहखाना है। जाते-जाते मराठा सरदार इस मकान को किसी धनी सेठ के हाथ बेच गया। सेठ जी ने वहाँ सदावर्त बँटवाना शुरू कर दिया। जो आदमी सदावर्त बाँटता था वह इन्हीं बेरी परिवार का कोई पुरखा था। इसके बाद यह मकान तीन भाइयों को मिला। बड़े भाई का नाम ला. नंदकिशोर था। दूसरे भाई का नाम केदारनाथ था। यह मैट्रिक पास ये तथा स्कूलों के निरीक्षक थे। तीसरे भाई थे चंदूबाबू।

चंदूबाबू को पहलवानी का बड़ा शौक था। वह अत्यंत हृष्ट-पुष्ट थे। हनुमान जी के यह अनन्य भक्त थे। एक तहखाने से भगवान की काफी मूर्तियाँ निकली थीं। चन्दू बाबू वहीं पूजा-आराधना करते थे। वह मस्तमौजी तथा भाईयों का सम्मान करने वाले थे। इन्होंने विवाह नहीं किया था। सुबह उठके गंगा स्नान करके यह मंदिरों में दर्शन के लिए जाते। लौट कर कसरत करते थे। भाइयों ने बहुत चाहा कि यह विवाह कर लें पर वह हमेशा कहते थे "भैया! आपके बच्चे मेरे बच्चे हैं फिर जिसके सीता जैसी भाभियाँ हों उनको विवाह की जरूरत नहीं होती। आप मेरी चिंता न किया करें।"

नंदकिशोर जी को यूँ तो गठिया का रोग था पर इधर उनके एक भयंकर फोड़ा निकल आया था। फोड़े से बराबर मवाद निकला करता था। नंद किशोर जी की पत्नी जी-जान से उनकी सेवा में जुटी रहती थीं। इस मकान के बगल में एक खंडहर था। जो वीरान पड़ा रहता था। नंदकिशोर जी की पत्नी फोड़े की सफाई करके मवाद के गंदे कपड़े उसी खंडहर में फेंक दिया करती थीं।

एक दिन नंदकिशोर विक्षिप्त से हो गए। वह बकने-झकने लगे। उनकी

आवाज़ भी बदली-बदली सी लग रही थी। ऐसा लगता था कोई दूसरा आदमी बोल रहा है। लोगों ने सलाह दी कि किसी तांत्रिक को बुलाया जाए। तांत्रिक ने आकर कुछ उपचार किए और शायद किसी देवता का आह्वान किया। थोड़े प्रयत्न के पश्चात नंदकिशोर जी के मुँह से यह शब्द निकले–

"मैं सैयद हूँ। बगल के खंडहर में जो आला है वहाँ मेरा निवास है। प्रतिदिन मवाद से भरे गंदे कपड़े मेरे निवास स्थान पर फेंक जाते हैं। मैं अब इस आदमी को छोड़ूँगा नहीं इसे लेकर ही जाऊँगा।"

तत्पश्चात नंदकिशोर जी के मुँह से सुबह से अरबी के वाक्य निकलने लगे। उल्लेखनीय है कि लाला नंदकिशोर अरबी भाषा बिल्कुल नहीं जानते थे।

भाइयों ने काफी देर तक 'सैयद बाबा' से माँफी माँगी। बड़ी कठिनाई से वह रोगी नवलकिशोर को छोड़ने को राजी हुए। पर उनकी एक शर्त थी कि एक उतारा तैयारा किया जाए। जिसमें लइया, तेल बत्ती मिठाई रखी जाए। कोई आदमी ठीक रात्रि के बारह बजे उतारे को कबीर चौरा की चौमुहानी पर रख कर लौट पड़े, पीछे मुड़ कर न देखे सीधे घर चला आए। यदि उसने पीछे मुड़ कर देखा तो अनर्थ हो जाएगा।

स्वाभाविक था कि नंदकिशोर जी की पत्नी उक्त प्रक्रिया करने को तैयार हो जातीं किंतु चन्दू बाबू बोले भाभी, मेरे रहते तुम्हें नहीं जाना है एक तो वीरान जगह ऊपर से रात के बारह बजे एक स्त्री का जाना उचित नहीं होगा।" मैं तो छड़ा हूँ आगे नाथ न पीछे पगहा। मैं ही इस कार्य का संपादन करूंगा। अगर मुझे कुछ हो भी जाएगा तो कोई फर्क नहीं पड़ेगा। आप लोगों के तो बाल-बच्चे हैं उनकी देख-रेख फिर कौन करेगा। केदारनाथ जी ने तथा भाभी ने बहुत समझाया कि हममें से कोई भी चला जाएगा पर चन्दू बाबू किसी प्रकार राजी नहीं हुए।

उतारा तैयार किया गया। चंदू बाबू ने उतारा लिया और रात बारह बजे कबीर चौरा की चौमुहानी जो उन दिनों वीरान रहती थी पहुँच गए। उस वीरान जगह पर दिन में ही लोग जाने में हिचकिचाते थे फिर रात के बारह बजे वहाँ जाने का तो कोई सोच ही नहीं सकता था। पर चंदू बाबू में हिम्मत की कमी नहीं थी। उन्होंने चौमुहानी पर उतारा रखा फिर वह घर की तरफ लौटने लगे। पर घर लौटते-लौटते उनकी हालत बिगड़ गई। अगले दिन उनसे पूछा गया तो बड़ी कठिनाई से इतना बता पाए–

"जब मैं उतारा रख कर लौटने लगा तो पीछे से घोड़ों के टापों की आवाज़ आने लगी। मैं दौड़ कर थोड़ी दूर आया तब मुझे लगा कि घोड़े मेरे सिर पर ही आए जा रहे हैं। घबरा कर मैंने मुड़ कर देखा कि.....इतना कहते-कहते उनकी जबान ऐंठने लगी, गला सूखने लगा और वह बेहोश हो गए।"

कई बार घर के लोगों ने उनसे विस्तारपूर्वक वही प्रश्न किया पर जब भी

वह इस वाक्य पर आते कि मैंने मुड़ कर देखा कि.....बस उनकी आवाज ऐंठ जाती और बोली बंद हो जाती।

चंदू बाबू की कसरती काया दिनों दिन क्षीण होती गई ओर नवल किशोर की तबीयत में सुधार होना शुरू होता गया। जिस दिन नवलकिशोर जी ने चारपाई छोड़ी उसी दिन चंदू बाबू पंचतत्व में मिल गया। अंत तक वह बता नहीं पाए कि पीछे मुड़ने पर उन्होंने क्या देखा।

आज भी बेरी परिवार के कुछ सदस्य उसी मकान में रहते हैं। जो उनमें से वयोवृद्ध हैं, उन्हें अब भी उक्त घटना की, कल की सी बात याद है।

●●●